DIE SUCHE NACH DER LUCHSIN

KODIAK POINT, BAND 7

EVE LANGLAIS

Copyright © 2021 Eve Langlais
Englischer Originaltitel: »Missing Lynx (Kodiak Point Book 7)«
Deutsche Übersetzung: Birga Weisert für Daniela Mansfield Translations 2021

Alle Rechte vorbehalten. Dies ist ein Werk der Fiktion. Namen, Darsteller, Orte und Handlung entspringen entweder der Fantasie der Autorin oder werden fiktiv eingesetzt. Jegliche Ähnlichkeit mit tatsächlichen Vorkommnissen, Schauplätzen oder Personen, lebend oder verstorben, ist rein zufällig.
Dieses Buch darf ohne die ausdrückliche schriftliche Genehmigung der Autorin weder in seiner Gesamtheit noch in Auszügen auf keinerlei Art mithilfe von elektronischen oder mechanischen Mitteln vervielfältigt oder weitergegeben werden.

Herausgegeben von: Eve Langlais www.EveLanglais.com

eBook: ISBN: 978-1-773842-21-9
Taschenbuch: ISBN: 978-1-773842-22-6

Besuchen Sie Eve im Netz!
www.evelanglais.com

PROLOG

*D*as Kaninchen schien für diese Jahreszeit ziemlich wohlgenährt zu sein. Fett. Saftig. *Meins*.

Rilee hockte hoch oben, die Krallen in einen Ast gegraben, und sabberte praktisch bei dem Gedanken, ihre Zähne in sein Fleisch zu schlagen. Wie lange war ihre letzte volle Mahlzeit her?

Zu lange. Aber andererseits war sie auch nicht jemand, der regelmäßig fraß, selbst als sie noch klein war. Mom hatte andere Pläne für die staatlichen Subventionen gehabt. Und bei denen ging es nicht darum, ein lästiges Kind durchzufüttern.

Ihr Magen knurrte und erinnerte sie daran, dass sie ihn nicht weiter vernachlässigen durfte. Er brauchte etwas zu fressen.

Das heißt, sie musste jagen.

Bevor ihr Abendessen weghüpfen konnte, stürzte sie sich darauf, wobei sie ihre Beute lautlos ansprang, ohne sie zu warnen. Eine Katze landete immer auf ihren Pfoten. Sie tötete es schnell, denn nur Verrückte spielten mit ihrem Essen und nur dumme Tiere fraßen es roh.

Sie war keine einfältige Bestie. Sie würde das Fleisch kochen. Es würde nicht lange dauern, im Camp ein Feuer zu machen, und mit dem Salz und dem Pfeffer, den sie aus dem Fast-Food-Laden geklaut hatte, konnte sie es sogar würzen. Gourmet-Camping.

Eine bessere Option als die fiesen Notunterkünfte in der Stadt. Sie weigerte sich, in einem Käfig zu leben.

Mit ihrem Fang im Maul trottete sie zurück in Richtung ihrer Höhle, einem winzigen Loch in einem felsigen Hügel, das sie derzeit ihr Zuhause nannte. Eine vorübergehende Bleibe, bis sie etwas Geld gespart hatte und sich eine richtige Wohnung mit warmem Wasser leisten konnte. Und einer Toilette. Sie vermisste es wirklich, eine Toilette zu haben. Ein Loch im Boden war einfach nicht dasselbe.

Sie bezwang mühelos die Felsen, die den steinigen Hang hinauf zu ihrer Fred Feuerstein-ähnlichen Behausung führten. Sie hatte eine Plane über den Eingang gespannt, um die Höhle gegen Zugluft und kaltes Wetter abzuschirmen. Auf dem Felsvorsprung davor befanden sich die Überreste ihres letzten Feuers und im Aschehaufen verbarg sich hoffentlich noch ein wenig Glut, die ihr die Arbeit erleichtern würde.

Aber das war etwas, das sie in ihrer katzenhaften Gestalt nicht tun konnte. Sie war kräftig. Leichtfüßig. Wunderschön. Aber eine Luchsin konnte kein Feuer machen oder Essen kochen. Zeit, sich wieder anzuziehen.

Als das Kaninchen auf dem Boden aufschlug, sah sie ihn: den Plastikanhänger im Ohr des Tieres.

Wie hatte sie das nur übersehen können? Sie stupste das Kaninchen mit ihrer Nase an und stieß ein leises, unzufriedenes Knurren aus. Der Sender gab ein schwaches Vibrieren von sich, ein leichtes Brummen, das anzeigte, dass er aktiv war. Blödes Ortungsgerät. Sie würde wetten, dass sie wusste, wer das Ortungsgerät angebracht hatte. Diese lästigen Wissenschaftler, die in ihren Wäldern herumwanderten und alles markierten, was ihnen über den Weg lief. Sie schrieben Abhandlungen über das Wanderverhalten der Wildtiere mit Hilfe moderner GPS-Tracker. Und sie hatte das blöde Ding zu ihrer Höhle gebracht.

Genau genommen war es niemandem erlaubt, in diesen Wäldern zu kampieren. Und ein Luchs in dieser Gegend war ungewöhnlich. Sie durfte nicht gefunden werden. Nur eine einzige Person wusste, wo sie sich aufhielt, und sie hatte es wahrscheinlich schon wieder vergessen, sobald sie ihren nächsten Stoff bekommen hatte.

Rilee packte das Kaninchen noch einmal im Maul, sprang den Hang hinunter und trottete schnell in den Wald. Sie wollte es so weit wie möglich von ihrem Lager wegbringen. Sie würde den Tracker entfernen und ihn in den Bach werfen, wo er wegschwimmen konnte.

Auf Wiedersehen, Problem.

Das wäre sogar noch besser. Da sie bereits am

Wasser war, würde sie sich schnell säubern, ihr Abendessen verputzen und dann in ihre Höhle zurückkehren, um die Nacht mit Lesen zu verbringen – denn sie hatte ein paar Bücher mitgebracht, die sie aus dem Mülleimer hinter der Bibliothek gerettet hatte. Es war ihr egal, ob der halbe Einband zerrissen oder ein paar Seiten fleckig waren. Es war besser, als nur ihre Gedanken als Gesellschaft zu haben.

Das Knacken eines Astes ließ sie erstarren. Sofort ging sie in Deckung und ließ das Kaninchen aus ihrem Maul fallen. Ihre Ohren zuckten, die Haarbüschel an ihnen waren mehr als nur dekorativ, ihr Gehör scharf.

Es gab nichts Ungewöhnliches zu riechen, nur den normalen Modergeruch von Blättern, den Duft eines Eichhörnchens. Das Knacken war wahrscheinlich natürlichen Ursprungs, aber ihre angespannte Stimmung beharrte darauf, dass sie beobachtet wurde.

Mit der einbrechenden Dämmerung nahm die Sichtweite ab. Sie ließ den Blick über den Wald schweifen, ihre Sicht war trotz der zunehmenden Dunkelheit gestochen scharf. Sie hatte noch nie etwas Großes in diesen Wäldern gesehen. Nichts, das einem Raubtier wie ihr gefährlich werden konnte.

Als sie das Glitzern der Schutzbrille bemerkte, war es bereits zu spät. Trotzdem geriet sie nicht in Panik. Sie war schon öfter Menschen begegnet und fand ihre Aufregung darüber, einen Luchs vor die Linse ihrer Kamera zu bekommen, eher amüsant. Die Person, die sie verfolgte, hatte jedoch keine Kamera in der Hand, sondern ein Gewehr.

Das sie abfeuerte.

Sie blinzelte und sah zu der Einschussstelle in der Erwartung, Blut zu entdecken. Stattdessen ragte ein dünner Zylinder mit einem hellen Büschel am Ende aus ihrem Körper.

Sie war betäubt worden! Sie begann zu fliehen.

Ein Mann rief: »Lasst sie nicht entkommen. Schießt noch mal auf sie.«

Weitere Pfeile trafen sie und sie versuchte zu entkommen, aber ihre Gliedmaßen versagten ihr den Dienst. Sie sackte auf dem Boden zusammen. Ihre Augen fielen zu.

Sie wachte in einem Käfig auf.

KAPITEL 1

Wie langweilig. Verbannt in die Kleinstadt, mitten im Nirgendwo von Alaska. Mateo seufzte. Als sein Chef andeutete, er solle irgendwo untertauchen – weil anscheinend jemand ein Video von einem Tiger gedreht hatte, der in eine Gasse ging und als nackter Mann wieder herauskam –, hatte er gehofft, an einem Strand zu landen. Vielleicht seine Mutter in Italien zu besuchen, was ihm ein paar Nudelpunkte eingebracht hätte. Leider hatte er kein solches Glück.

Stattdessen hatte der Chef gesagt: »Du gehst nach Kodiak Point.«

Der Ort besaß laut Internet nur ein paar Monate im Jahr eine asphaltierte Straße zur Zivilisation. Sobald der Winter kam, waren sie auf die gefährlichen Eis-Highways angewiesen.

Und das würde für die nächste Zeit sein Zuhause sein.

Mateo hatte ein wenig gejammert. »Schick mich überall hin, nur nicht dorthin. Wie wäre es mit Afghanistan? Sicherlich gibt es dort jemanden, den ich ausspionieren kann. Töten? Zerfleischen?« Das Letzte sagte er mit hoffnungsvoller Stimme.

Aber sich zu beschweren zog bei seinem Chef nicht. »Widersetzt du dich einem direkten Befehl? Der, wie ich hinzufügen möchte, zustande kam, weil du dich dumm verhalten hast. Wie ein Stein. Und kein interessanter Stein, sondern die langweilige Sorte, die man in Gräben benutzt, weil sie nicht mal für die Auffahrt gut genug ist.«

Die Beleidigung traf Mateo, der daraufhin blinzelte. »Äh.« Er war so gründlich beleidigt worden, dass es darauf nur eine Antwort gab. »Warte nur, bis ich das meiner Mutter erzähle.« Es war eine Drohung, und zwar eine echte. Niemand wollte es mit ihr zu tun bekommen.

»Mit deiner Mutter komme ich schon klar. Es wird schon nicht so schlimm werden«, sagte sein Büffel von einem Chef. Aber man durfte ihn nicht Bill – wie in Buffalo Bill – nennen. Terrence würde daraufhin vor Wut schnaufen und mit den Hufen scharren.

»Und was willst du den Hinterwäldlern erzählen, die in dieser Stadt das Sagen haben?«

»Erst mal gar nichts. Du wirst dich dort mit einem offiziellen Auftrag hinbegeben.«

»Ich bin ein bisschen verwirrt, Chef. Ich dachte, du willst, dass ich dort die Dinge im Auge behalte.«

»Das möchte ich auch, aber unauffällig. Ich möchte nicht, dass jemand von unseren Angelegenheiten erfährt. Wenn die Zeit reif ist, werde ich mit dem verantwortlichen Alpha sprechen. Also entspanne dich. Genieße es. Ich habe gehört, dass man dort ausgezeichnet fischen und jagen kann.«

»Im Winter?«, fragte er misstrauisch.

»Im schlimmsten Fall verschläfst du den Tag und findest eine kuschelige Gefährtin, die dir die Nächte versüßt, während du auf den Frühling wartest.«

So gesehen hörte sich das gar nicht so schlimm an. Und er spielte gern im Schnee.

»Wer weiß, vielleicht gefällt es dir so gut, dass du bleiben willst«, fügte Terrence hinzu.

»Warum sollte ich das wollen?«, platzte er heraus.

»Vielleicht triffst du ›die Richtige‹. Machst ein paar Junge. Und ihr lebt glücklich und zufrieden bis ans Ende eurer Tage.«

»Du hast das Schimpfen und das Hinterherwerfen von Schuhen vergessen.« Er erinnerte sich daran, wie es zu Hause war, als er aufwuchs. Aber es war noch schlimmer, als einige Monate nach dem Tod seines Vaters das Haus totenstill wurde, außer spät in der Nacht, wenn er seine Mutter weinen hörte.

Niemals.

»Verurteile es nicht, bevor du es nicht probiert hast«, erklärte sein glücklich verheirateter Chef.

»Nein. Kommt überhaupt nicht infrage.«

Ich würde lieber sterben, als zu heiraten.

Im Gegensatz zu vielen anderen glaubte er nicht

an eine vom Schicksal vorbestimmte Gefährtin. Als ob er eine Frau ansehen und wissen könnte, dass sie die Richtige ist. Seine Mutter behauptete, für sie sei es bei seinem Vater so gewesen. Sie war Witwe, seit Mateo neun war, und hatte ihm nie einen Mann vorgestellt.

Sie klammerte sich ein wenig an ihren einzigen Sohn. Sie überkompensierte auch, daher die Menge an Gepäck, die Mateo mit nach Kodiak Point nahm. Er hatte dafür gesorgt, dass keine der Taschen groß genug war, damit sie hineinklettern konnte. Das hatte sie einmal auf einer Reise nach Peru getan.

Sie war aus dem riesigen Koffer gestiegen, der eigentlich Feldvorräte enthalten sollte, und hatte gelächelt. »Überraschung.«

Nach diesem kleinen Kunststück hatte er sich über eine Woche lang geweigert, mit ihr zu reden.

Die Fahrt nach Kodiak Point erwies sich als riskant, da der Winter gerade erst eingesetzt hatte. Die Eisstraßen, die sich über Seen erstreckten, zeigten kaum Anzeichen von Rissen und Feuchtigkeit. Eine frische Schneeschicht bedeckte den größten Teil der Gegend, abgesehen von dem hart gefrorenen Eis, über das sie fuhren.

Er konnte nicht leugnen, dass es ihn nervös machte, wenn sie über Wasserflächen fuhren. Wenn das Eis bei der Überquerung brach, würde er schwimmen müssen.

Aber sie erreichten Kodiak Point, zusammen mit ihrer gesamten Ausrüstung. Die kleine Siedlung war nicht groß genug, um sie als Stadt zu bezeichnen, und genauso rustikal wie er es erwartet hatte. Ein Karibu trabte die eisige Straße entlang und zog einen Schlitten, in dem eine Frau und ein Kind saßen.

So würde er sich nie bloßstellen.

»Das ist Kyle mit seiner Familie. Er übt für die Slush Races«, erklärte Boris, sein Fahrer. Der Name passte zu seinem Aussehen. Der große stämmige Mann machte immer einen finsteren Eindruck.

»Wage ich zu fragen, wobei es sich darum handelt?«, fragte er.

»Ein jährliches Ereignis während der Frühjahrsschmelze, wenn sich alles in Schlamm und Schneematsch verwandelt.«

»Und was bekommt der Gewinner?«, fragte er und lehnte sich an den Lastwagen, den er rückwärts in einem niedrigen Gebäude in Sichtweite des Hauptortes geparkt hatte.

»Es geht um die Befriedigung, andere zu schlagen.« Was er nicht sagte, aber was man aus seiner Stimme heraushören konnte: *Das ist ja wohl offensichtlich, du Idiot.*

Ein Quad, auch ATV genannt, je nachdem, mit wem man sich unterhielt, preschte auf sie zu, ein einzelner Mann saß am Steuer des geländegängigen Fahrzeugs.

Boris sagte: »Das ist der Alpha.«

Er wurde vom Leiter des Clans selbst in Empfang genommen, der sich als großer Mann mit schwarzem Haar und einem passenden schwarzen Bart erwies. »Reid Carver. Clanchef von Kodiak Point.« Reid streckte Mateo die Hand hin, eine ausgesprochen menschliche Geste. Normalerweise verließen Gestaltwandler sich bei der Begrüßung auf ihren Geruchssinn.

Er schüttelte ihm die Hand. »Schön, dich kennenzulernen.«

Reid zeigte mit einer Geste auf den mürrischen Fahrer. »Wie ich sehe, hast du bereits meinen Stellvertreter Boris kennengelernt.«

»Du hast nicht erwähnt, dass ich auch die ausführende Gewalt bin, wenn er sich nicht benimmt«, murmelte der Elchwandler, der ihm in einem Faustkampf sicher leicht das Wasser reichen konnte.

»Ich bin mir sicher, dass Mateo nicht auf die Idee kommen wird, Probleme zu machen«, erklärte Reid.

»Die erste Regel des Wandlerklubs, es gibt keinen Wandlerklub. Ja. Ich weiß.« Obwohl diese Regel in letzter Zeit ziemlich oft gebrochen wurde. Sie hatten Probleme, seit ein verrückter Kerl aus dem Süden namens Parker sie enttarnt hatte. Während sie es geschafft hatten, den Schaden mehr oder weniger einzudämmen und die Menschen davon zu überzeugen, dass er über die Existenz von Gestaltwandlern gelogen hatte, mussten sie sich jetzt mit Drachen herumschlagen.

Verdammte Drachen, was irgendwie cool war, da er nie vermutet hatte, dass sie tatsächlich existierten. Es kam ihnen auch zugute, weil es bedeutete, dass sich die Menschenwelt auf diese coolen Kreaturen konzentrierte und nicht auf ihre Nachbarn, die unter Umständen ein Fell hatten.

Nicht dass die Drachen sich absichtlich geoutet hatten. Es geschah alles zufällig wegen einer Art

Drachenscharmützel, das die Aufmerksamkeit der Welt auf sich gezogen hatte. Keine noch so große Aufräumaktion konnte die vielen Videos löschen, die dabei entstanden waren, aber bis jetzt kamen die Leute ganz gut damit klar. Schließlich liebte jeder Drachen. Es gab ihm Hoffnung, dass, wenn die Menschheit erkannte, dass auch Gestaltwandler existierten, sie es akzeptieren und nicht versuchen würden, sie bis zur Ausrottung zu jagen.

»Das Geheimnis ist allerdings nicht mehr ganz so geheim«, seufzte Reid kopfschüttelnd. »Zum jetzigen Zeitpunkt bin ich sogar mehr darauf bedacht, uns vor Angriffen von außen zu verteidigen.«

»Es ist ja auch ausgesprochen unauffällig, ein Haufen Leute, die ziemlich isoliert leben.« Mateo verdrehte die Augen.

»Pass auf, was du sagst, Kätzchen«, knurrte Boris.

»Sonst passiert was? Kannst du die Wahrheit nicht ertragen?«

Bevor der Elchwandler sich noch weiter aufregen konnte, ging Reid dazwischen. »Er hat recht.«

Aber Boris schien davon nicht überzeugt zu sein. »Ich wüsste nicht, was in einer blühenden Gemeinde verdächtig sein sollte.«

»Wenn es der Gemeinde zu gut geht, werden Leute von draußen versuchen, näher zu kommen«, antwortete Mateo. »Es wäre nicht das erste Mal, dass das passiert. Gestaltwandler, die aus ihren eigenen Städten und Häusern verdrängt werden, weil die Menschen irrtümlicherweise glauben, sie hätten die nächste Goldader gefunden.«

»Also ist es schlecht, wenn eine Gemeinde blüht?« Boris schüttelte den Kopf. »Das ist doch idiotisch.«

»Aber leicht zu regeln«, erwiderte Mateo.

»Was würdest du also vorschlagen?« Reid machte sich auf den Rückweg zu seinem kleinen Geländewagen und ging offensichtlich davon aus, dass Mateo ihm folgte.

»Moment mal«, fuhr Boris ihn an. »Warum zum Teufel fragst du einen Fremden?«

»Weil dieser Fremde gerade laut ausgesprochen hat, worüber ich mir schon seit geraumer Zeit Gedanken mache. Ich weiß nicht, wie ich die Gemeinde weiterhin aufblühen lassen kann, ohne Aufmerksamkeit auf uns zu ziehen. Vielleicht kann ein Fremder die Lösung sehen, für die ich blind bin. Also?« Reid blickte Mateo erwartungsvoll an.

Er musste sich schnell etwas einfallen lassen. »Die schnellste und einfachste Methode wäre, eine oder zwei Lieferungen zu verlieren.«

Reid verzog das Gesicht. »Mit dieser Art der Verschwendung kann ich nicht umgehen.«

»Wer behauptet denn, dass es verschwendet wäre? Du könntest es stehlen lassen.«

»Unsere eigene Ware stehlen lassen?«, schnaubte Boris. »Und was tun wir dann damit?«

»Wir verkaufen sie auf dem Schwarzmarkt.« Mateo hätte fast die Augen verdreht, so offensichtlich erschien ihm das alles.

»Aber wir sind doch keine Verbrecher«, erwiderte Boris empört.

»Nein, aber ihr seid Leute, die darauf angewiesen

sind, unauffällig zu bleiben. Sorge also dafür, dass ein paar Lieferungen verschwinden oder gestohlen werden. Wie das geschieht oder was mit den Sachen anschließend passiert, ist irrelevant. Es soll einfach nur so aussehen, als gäbe es wirtschaftliche Probleme.«

Reid machte ein nachdenkliches Gesicht. »Das ist eigentlich keine schlechte Idee.«

»Mal abgesehen von der Tatsache, dass wir niemanden auf dem Schwarzmarkt kennen«, gab Boris zu bedenken.

»Ich aber schon.« Mateo hatte schließlich Kontakte.

»Na, was für eine Überraschung«, murmelte der Sturkopf von einem Elchwandler.

»Du hast mein Interesse geweckt. Wenn du dich eingerichtet hast, komm zu mir und wir unterhalten uns«, sagte Reid.

Die Dinge sahen gut aus. Die Planung eines Überfalls würde ihm sicherlich dabei helfen, sich die Zeit zu vertreiben, und der Ort war nicht ganz so schrecklich, wenn man die Tatsache ignorieren konnte, dass es Winter war, was bedeutete, dass es nur ein paar Stunden Sonnenlicht pro Tag gab. Zu dieser Jahreszeit herrschte die Nacht. Da er in der Dunkelheit gut zurechtkam, störte ihn das weniger, als er erwartet hatte.

Die örtlichen Einrichtungen waren nicht gerade überragend. An Einkaufsmöglichkeiten gab es nur einen Gemischtwarenladen und ein paar kleine Läden, von denen viele in den Häusern der Leute untergebracht waren. In Anbetracht der Größe des Ortes gab es aber trotzdem so ziemlich alles, was man benötigte, und was es nicht gab, konnte man sich schicken lassen. Fast jeden Tag fuhr jemand auf der vereisten Straße nach Anchorage oder in eine der anderen Städte, entweder mit dem großen Sattelschlepper oder mit einem der wintertauglichen Fahrzeuge.

Die Abgeschiedenheit von Kodiak Point machte es zu einem idealen Ort, um sich zu verstecken. Die Siedlung war mitten in der Wildnis gelegen und man brauchte nur einen Ausflug in die Wälder zu machen, um erstklassig jagen zu können. Er musste zugeben, dass es schön war, wieder in Kontakt mit der wilden Natur zu kommen. Er hatte viel zu lange in der Stadt gelebt.

Weniger lustig? Mit seiner Mutter fertigzuwerden. Bei seinem ersten Videoanruf hatte sie praktisch versucht, durch den Bildschirm zu klettern.

»Hi, Mama.«

»Wage es ja nicht, mich so lapidar zu begrüßen. Du hast mir das Herz gebrochen, weil du so weit weggezogen bist. Und das nach allem, was ich für dich getan habe«, begann seine Mutter ihre Wehklage und er seufzte. Das hatte er bereits jeden Tag ertragen müssen, bis er endlich abgereist war.

»Es ist doch nur vorübergehend.« Und außerdem war es nicht das erste Mal, dass er von Zuhause weggezogen war. Und jedes Mal regte sie sich auf.

»Wenn du wieder zurückkommst, wirst du nichts als Haut und Knochen sein. Die Leute werden denken, ich bin eine schlechte Mutter«, beschwerte sie sich, als hätte er keinen Koffer voll mit Vorräten, darunter auch Parmesan und eine Käsereibe. Denn das war es, was er in der Provinz brauchte, frisch geriebenen Parmesan.

»Hier gibt's genug zu essen, Mama.«

»Abgepackte Pasta und Dosentomaten.« Sie schnaubte verächtlich.

»Ich will nicht lügen. Es gibt hier nichts, was auch nur annähernd so gut ist wie dein Essen, aber es gibt frischen Fisch und die Karibusteaks sollen auch sehr gut sein.«

»Hmph.« Sie beschwerte sich noch ein wenig weiter, dann erzählte sie ihm ein paar Geschichten von ihrer Arbeit. Denn als Näherin erlebte man täglich aufregende Dinge. Trotzdem war er froh, dass sie einen Job hatte, denn sonst wäre er während seiner Jugend nie von ihr weggekommen.

Als sich ihr Geplauder schließlich den Töchtern ihrer Freundinnen im heiratsfähigen Alter zuwandte, gelang es ihm, sich zu verabschieden und aufzulegen.

Ein Muttersöhnchen zu sein war nicht immer einfach, aber es bedeutete, dass die nächste Post aus der Stadt ein riesiges Carepaket war, das nicht Dutzende, sondern Hunderte von verschiedenen Plätzchen enthielt, die er Reid gab, damit er sie in der Stadt verteilte. Das Paket enthielt auch Gläser mit der Bolognese-Soße seiner Mutter. Diese teilte er allerdings nicht.

Er aß. Er plante einige Überfälle. Rief ein paar

Leute an, die er kannte, um Geschäfte zu machen. Und schlief. Sehr viel sogar.

Es war perfekt.

Entspannend.

Doch dieser Rhythmus wurde weniger als eine Woche nach seiner Ankunft gestört.

Ein solches Schneemobil hatte er noch nie gesehen. An einem Ort dieser Größe dauerte es nicht lange, bis man Leute und Fahrzeuge auf den ersten Blick erkannte.

Die Maschine war alt, die Windschutzscheibe rissig. Der Fahrer war in einen geflickten Schneeanzug gehüllt. Der Fahrer nahm den Helm ab, legte ihn auf den Sitz und enthüllte eine Frau, die er noch nie gesehen hatte.

Jemand Neues. Wie interessant. Wo kam sie her?

Sie betrat den Gemischtwarenladen und er ging in diese Richtung, um davor herumzuschleichen und durch die Schaufensterscheibe zu spähen. Sie stand mit dem Rücken zu Mateo und unterhielt sich mit dem Mann hinter dem Tresen. Als sie wegging, um ihre Einkäufe zu erledigen, trat er ein, wobei er durch seine Größe über die Regalreihen blicken konnte. Er erspähte ihren Hinterkopf. Um einen klaren Blick auf ihr Gesicht werfen zu können, musste er näher an sie herankommen.

Er musste sie einfach sehen.

Sie riechen.

Sie berühren.

Er machte einen Schritt auf sie zu. Dann blieb er stehen. Was tat er da?

Er benahm sich merkwürdig, das war es, was er tat.

Er drehte sich um, ging einen Schritt und blieb wieder stehen.

Sicherlich verdiente ihr plötzliches Auftauchen eine eingehendere Untersuchung. Er wirbelte wieder herum. Es war an der Zeit, mit dem Herumalbern aufzuhören und sie anzusprechen. Er würde herausfinden, ob sie alt oder hässlich war. Nicht dass es darauf ankam. Wenn sie hübsch war, dann war es unwahrscheinlich, dass sie Single war.

Selbst wenn sie es sein sollte, wollte er nicht unbedingt eine feste Beziehung, egal wie gut Francescas Auberginenauflauf mit Parmesan war oder wie locker und saftig Marisols Kuchen. Seine Mutter neigte dazu, potenzielle Partnerinnen nach ihren Kochkünsten zu beurteilen. Von denen natürlich keine auch nur annähernd so gut war wie seine Mutter selbst.

Mateo bog um die Ecke und in den nächsten Gang, nur um festzustellen, dass die Frau verschwunden war. Er runzelte die Stirn und schaute in die nächste Reihe. Wie war es ihr gelungen zu verschwinden?

Er wäre fast vom Boden aufgesprungen, als eine leise Stimme sagte: »Gibt es einen Grund, warum du mich verfolgst?«

Er wirbelte herum und ihm blieb der Mund offen stehen.

»Verdammt, du bist ja wirklich leise, wenn du dich anschleichst.«

Sie zog eine Augenbraue hoch. »Ganz im Gegensatz zu dir. Und unauffällig hast du dich auch nicht benommen, während du mich beobachtet hast.«

»Ich habe dich nicht beobachtet.« Als sie ihn vorwurfsvoll ansah, grinste er. »Okay, vielleicht habe ich dich ein wenig beobachtet. Was ist denn nur mit deinem Duft?« Wäre sie ein Mensch gewesen, wäre das eine ausgesprochen merkwürdige Bemerkung gewesen, doch nun, da er ihr gegenüberstand, hatte er keinen Zweifel daran, dass er mit einer Gestaltwandlerin sprach. Der vertraute Raubkatzenduft wurde fast von dem stärkeren Geruch von Kiefernholz überdeckt. Angesichts ihrer silberfarbenen Haare war sie vielleicht ein Puma. Und zwar ein relativ junger.

»Oh, bitte entschuldige, anscheinend bist du mit dem Konzept, sich zu baden, nicht vertraut?«, fragte sie ihn. »Möchtest du vielleicht, dass ich dir zeige, was Seife ist?«

Bei ihrer frechen Erwiderung grinste er noch mehr. »Du weißt schon, was ich meine. Warum riechst du wie Lufterfrischer fürs Auto?«

»Weil es mir gefällt?«

»Eine interessante Wahl. Und wer bist du so, wenn du nicht so tust, als wärst du ein Baum?« Er fand sie nämlich ausgesprochen süß, wenn sie auch, zumindest verglichen mit ihm, winzig war.

»Wer oder was ich bin, geht dich gar nichts an. Ich schulde dir keine Erklärung.«

Obwohl er nicht verstand, warum sie es geheim halten wollte, bohrte er nicht nach. »Ich habe dich hier noch nie gesehen.«

»Weil ich nicht in der Stadt lebe.«

»Wo lebst du denn dann?«, fragte er. Er hatte die Landkarten der Umgebung studiert und wusste, dass es keine weitere Siedlung in der Nähe gab.

»Das geht dich gar nichts an. Und es gefällt mir nicht, von Fremden verhört zu werden.« Sie presste die Lippen aufeinander.

»Ich heiße Mateo Ricci.« Er streckte ihr die Hand hin.

Sie sah sie an, schüttelte sie aber nicht. »Du bist neu hier«, stellte sie fest.

»Ja, ich bin vor einer Woche angekommen.«

»Und hat dir denn niemand erklärt, dass manche von uns in der Abgeschiedenheit hier sind?«

»Ich werde niemandem deine Geheimnisse verraten. Wir sind doch hier unter Freunden.« Denn die zweite Regel des Wandlerklubs lautete, dass jeder für jeden da war.

»Ich brauche keine Freunde.«

»Ich aber. Ich nehme an, du hast keine Lust, ein Bier trinken zu gehen? Vielleicht ein wenig Darts zu spielen?«

»Nein.«

»Trinkst du lieber Wein? Ich könnte dir ein Festessen zaubern. Sag es nur nicht meiner Mutter.«

Sie verzog die Lippen zu einer dünnen Linie und fragte dann, als konnte sie einfach nicht anders: »Warum darf deine Mutter nicht wissen, dass du kochen kannst?«

»Weil sie dann anfängt zu weinen und behauptet, dass ich sie nicht mehr brauche. Und dann muss ich im nächsten Monat doppelt so viel essen, um zu beweisen, dass ich sie immer noch brauche. Und als ich das das letzte Mal getan habe, habe ich zehn Kilo zugenommen.« Er konnte sich einen zerknirschten Blick auf seinen Bauch nicht verkneifen. Er kämpfte manchmal mit seinem Gewicht. Amurtiger neigten dazu, Fett einzulagern.

»Du bist ein Muttersöhnchen?«, fragte sie beinahe ungläubig.

»Allerdings. Und stolz darauf. Stehst du deiner Mutter nahe?«

»Nein. Sie ist tot. Und bevor du fragst, mein Vater auch. Genau wie meine Großeltern. Einfach alle.«

»Also bist du eine Waise? Das ist ja wirklich schlimm.«

»Wow, also wirklich, das ist ja ...« Sie schüttelte den Kopf. »Ich muss jetzt wirklich los. Auf Wiedersehen.«

»Jetzt schon? Aber du hast mir noch nicht mal deinen Namen verraten.«

»Weil er keine Rolle spielt.« Sie drehte sich um und ging davon.

Er konnte nicht anders und platzte heraus: »Kann ich dich wiedersehen?«

Sie hielt inne und sah ihn über ihre Schulter an. Dann sagte sie klar und deutlich: »Nein.«

Dann ging sie.

Und Mateo lachte, bis ihm fast die Tränen kamen.

Der Junge hinter der Einkaufstheke konnte einfach nicht anders und musste ihn fragen: »Was gibt es denn da zu lachen?«

Es war weniger lachhaft als eher paradox. Das

Schicksal verpasste ihm einen herben Schlag und strafte das, was er noch vor einer Woche zu Terrence gesagt hatte, Lügen.

»Diese junge Dame ist meine zukünftige Frau.«

Denn dieser Tiger hatte seine Gefährtin gefunden.

KAPITEL 2

Rilee hätte nicht sagen können, warum sie überhaupt mit dem Mann sprach. Besonders weil ihr erster Impuls, als sie Mateos Fährte aufnahm und ihn dann sah, darin bestand wegzulaufen. Sich zu verstecken.

Seine Anwesenheit beunruhigte sie. Zumal ihre innere Katze näher an ihn heranwollte. Um an ihm zu schnuppern. Vielleicht an ihm zu lecken.

Hatte er sich etwa in Katzenminze gewälzt?

Nicht dass Mateo Hilfe brauchte, um attraktiv zu sein. Obwohl er sie in der Länge um mehr als einen Kopf überragte und in der Breite sogar noch mehr, hatte er ein hübsches Gesicht. Seine mediterran anmutende Haut wurde durch sein tiefschwarzes Haar unterstrichen. Sogar sein Name war sexy und sie wollte ihn sich auf der Zunge zergehen lassen.

Vielleicht trug er Lachswasser als Parfüm. Auf jeden Fall kam er ihr nahe genug, sodass sie ihn riechen konnte. Sich nach ihm verzehren konnte.

Der dreiste Trottel versuchte nicht einmal, die Tatsache zu verbergen, dass er ihr nachspionierte. Sie musste sich wahnsinnig zusammenreißen, um den Mut aufzubringen, als er sie zur Rede stellte. Sie hoffte, er würde ihr Herzrasen nicht bemerken.

Wer war dieser Mann? Was wollte er? Sie war nicht geflohen, nur um wieder erwischt zu werden. Sie war sich sicher, dass es ihr dieses Mal gelungen war, sich so für immer abzusetzen.

Ich werde nie wieder in einen Käfig zurückkehren.

Aus Angst ging sie zu Reid Carvers Büro. Als Alpha dieser Stadt gelang es ihm immer, sie zu beruhigen. Er war einer der wenigen Leute, die ihre Angst besänftigen und die Sache mit dem Neuankömmling regeln konnten. Reid würde ihm sagen, dass er sie in Ruhe lassen soll. Und wenn das nicht genug war, konnte sie es immer noch Boris sagen.

Und warum kann ich das nicht einfach selbst regeln? Seit wann bitte ich andere um Hilfe?

Als sie Reids Vorzimmer betrat – es sah aus wie das Gebäude einer Spedition, die den Warenumschlag der Stadt abwickelte –, traf sie auf Tammy, Reids Frau, die hinter dem Schreibtisch saß. Sie stillte ein gewickeltes Baby an der Brust, während ein kleiner Junge in einer mit weißem Plastikzaun abgesperrten Ecke mit großen Bauklötzen spielte. Eine sanftere Methode als die, die ihre Mutter benutzt hatte. Die Leine, an der sie sie hielt, hatte sich leicht verheddert. Ein paarmal wäre sie fast erstickt. Ihre Mutter gab ihr jedes Mal die Schuld. *Blöde Kuh. Versuchst du schon wieder, mich in Schwierigkeiten zu bringen?*

Ja, sie wollte sterben, um sich an ihrer Mutter zu rächen. Wer war hier die blöde Kuh?

Tammy blickte vom Computer auf und lächelte sie an. »Hey, Rilee. Wie war deine Ausbeute beim Handeln diese Woche?«

Seit einiger Zeit brachte Rilee Pelze und andere interessante Gegenstände zum Tauschen mit. So brauchte sie kein Geld und hinterließ keine belastenden Spuren.

»Es war ein gutes Jahr für die Jagd«, gestand sie. Obwohl es keine Rolle spielte, ob sie genug jagen konnte. In Kodiak Point verhungerte niemand. »Ist Reid da? Ich muss ihn etwas fragen.«

»Leider ist er heute mit den Jungs unterwegs. Gibt es ein Problem?«, fragte Tammy, hob ihr Baby hoch und legte es sich über die Schulter, damit es ein Bäuerchen machen konnte.

Rilee rümpfte die Nase, weil sie nicht gern um Hilfe bat, aber wenn sie jemandem vertraute, dann Reid und seiner Frau. »Es gibt einen neuen Typen in der Stadt. Er hat ziemlich viele Fragen gestellt.«

»Wie ich sehe, hast du Mateo kennengelernt«, entgegnete Tammy lachend. »Du wirst festgestellt haben, dass er nicht gerade schüchtern ist.«

»Ach was«, murmelte sie ironisch.

»Mach dir keine Sorgen um ihn. Er gehört zu den Guten.«

»Und warum ist er hier?«

»Er musste eine Zeit lang von der Bildfläche verschwinden.«

»Steckt er in Schwierigkeiten?«

»Eigentlich nicht. Das Video von ihm, das kursiert, ist unscharf genug, sodass darauf irgendwer zu sehen sein könnte. Trotzdem wollten *sie*«, also diejenigen, die in jeder Stadt als graue Eminenz tatsächlich das Sagen hatten, »dass er untertaucht, bis Gras über die Sache gewachsen ist.«

»Jemand sollte ihn daran erinnern, dass die Leute in dieser Stadt oft hier sind, weil sie allein bleiben wollen.«

Anstatt zuzustimmen, runzelte Tammy die Stirn. »Ich mache mir Sorgen um dich, Rilee.« Es war nicht das erste Mal, dass die etwas ältere Frau ihr das sagte.

»Das musst du nicht. Es geht mir gut.«

»Das sagst du, und trotzdem kann ich nicht umhin, mir Gedanken darüber zu machen, wenn du ganz alleine im Wald lebst.«

»Ich bin gern alleine.« Ihr gefielen die Freiheit und die Stille.

»Aber was, wenn dir etwas zustößt? Was, wenn du Hilfe brauchst?«

Da sie sich dieselbe Frage auch schon gestellt hatte, machte sie keine verächtliche Bemerkung, sondern zuckte einfach mit den Schultern. »Ich habe doch das Walkie-Talkie, das Reid mir gegeben hat. Und wie du weißt, kommen Boris und ein paar der anderen mehrmals die Woche vorbei, um nach mir zu sehen.«

Tammy seufzte. »Und selbst das ist dir schon zu viel.«

Aus irgendeinem Grund musste Rilee grinsen. »Es ist zwar nett, aber auch anstrengend. Sie benehmen sich wie Glucken. Hast du genügend Holz? Nahrungsmittel? Ist dein Dach dicht?« Sie verdrehte die Augen, auch wenn sie nicht zugeben wollte, dass es nicht schlecht war nach dem, was ihr passiert war.

Vor Jahren, als Reid sie in der Wildnis fand, war sie nicht viel mehr als ein wildes Tier gewesen, fast rasend in ihrer Angst. Er nahm sich die Zeit, sie zurück in die Zivilisation zu bringen, indem er versprach, dass niemand ihr jemals wieder nahe genug kommen würde, um sie zu verletzen.

Ein Versprechen, das er halten konnte, solange sie in Kodiak Point lebte. Aber als sie auf eigene Faust loszog und sich entschied, eine kürzlich verlassene Hütte in den Wäldern zu übernehmen, wusste sie, welches Risiko sie einging.

»Das Wettermädchen sagt, dass sich ein Sturm zusammenbraut, der in ein paar Tagen losbricht. Und zwar ein gewaltiger.«

»Gut, dass ich bis dahin meine Vorräte zusammenhabe«, scherzte Rilee, bevor sie Reids Büro verließ, wobei es ihr gelungen war, die ganze Zeit über keinen sehnsüchtigen Blick auf die Kinder zu werfen.

Es hatte einmal eine Zeit gegeben, da hatte sie sich selbst diese kleinen Wadenbeißer gewünscht. Doch dann hatte sie Zeit in einem Käfig verbringen müssen, dank eines Psychopathen und ihrer Mutter, der Drogen wichtiger waren als ihre eigene Tochter. Dies war keine Welt, in die sie weitere Kinder bringen wollte. Mal ganz abgesehen von der Tatsache, dass sie dazu auch einen Mann brauchte, der zumindest als

Samenspender agieren musste. Und wen hätte sie wählen sollen? All die guten Männer in der Stadt waren schon vergeben.

Und ohne Mann keine Babys. Was tat also ihr betrügerisches Gehirn? Es erinnerte sie an diese haselnussbraunen Augen, dieses Playboy-Grinsen und das Grübchen. Mateo hatte sogar ein verdammtes Grübchen.

Es war fast zu viel. Gut, dass sie nicht vorhatte, ihn wiederzusehen. Da ein Sturm aufzog, würde sie sich in ihrer gemütlichen Hütte zusammenkauern und wichtige Dinge erledigen, wie Mokassins nähen. Sie hatte endlich alle Utensilien zusammen, um es zu versuchen.

Willkommen in ihrem aufregenden Leben.

Der Geländewagen, alt und laut, aber zuverlässig, tuckerte, als sie den Heimweg antrat. Eine gute zwanzigminütige Fahrt, die eine zusätzliche Stunde dauerte, da sie abbog, um nach ihren Fallen zu sehen. Sie konnte nicht handeln, wenn sie nichts gefangen hatte. Fell und Fleisch, Beeren im Spätsommer. Eine Gestaltwandlerstadt von der Größe von Kodiak Point, voller Raubtiere, verbrauchte eine Menge Nahrung, mehr als sie problemlos importieren konnten.

Was die Pelze anging, so gab es Tiere, die sich trotz der gegenteiligen Behauptungen dieser Baumknutscher schnell vermehrten, wenn sie nicht von natürlichen Raubtieren unter Kontrolle gehalten wurden. Raubtiere wie sie. Die allgemeine Regel beim Jagen war, nichts zu verschwenden. Das Fleisch essen, das Fell verwenden und die Federn rupfen.

Nur in einer ihrer Schlingen hatte sie etwas gefangen. Ein Moorhuhn, das in ihrem Topf landete, nachdem sie es gerupft und ausgenommen hatte. Zuerst würde sie es backen. Ihr lief das Wasser im Mund zusammen bei dem Gedanken an die knusprige Haut. Das Fleisch war sicher saftig. Nachdem sie das meiste Fleisch entfernt hatte, warf sie die Knochen in einen Topf mit etwas Wasser, Kräutern und Wurzelgemüse, um einen reichhaltigen Eintopf zu kochen.

Mit anderen Worten dasselbe, was sie vor ein paar Tagen und in der Woche davor gemacht hatte. Gutes, herzhaftes Essen, aber es war nie abwechslungsreich. Langweilig.

Wie ihr Leben.

Aber die Alternative bedeutete, sich mit anderen Leuten auseinanderzusetzen.

Nein danke.

An diesem Abend schlief sie ein und träumte von einem gewissen dreisten Mann. Er flirtete in ihrem Traum unverschämt mit ihr. Versuchte, sie zu küssen, woraufhin sie erschreckt aufwachte, weil sie das Pochen zwischen ihren Beinen spürte.

Erst vor Kurzem war das Verlangen zurückgekehrt, und da sie wieder angefangen hatte, Liebesromane zu lesen, wusste sie, wie sie sich darum kümmern konnte. Ihre Finger rieben, wussten, wo und wie sie berühren mussten, was ihre Erregung steigerte, aber erst als sie die Augen schloss und sich Mateo vorstellte, kam sie zum Orgasmus.

Dieser nervtötende Mann. Ruinierte sogar ihren

persönlichen Spaß. Sie grummelte, als sie sich aus dem Bett wälzte. Sie hatte den Kerl gerade erst kennengelernt und konnte ihn kaum ertragen. Warum konnte sie nicht aufhören, an ihn zu denken?

Wenn sie sogar einen nervigen Trottel wie ihn anziehend fand, dann war das vielleicht ein Zeichen dafür, dass es ihr gut genug ging, um daran zu denken, sich einen neuen Freund zu suchen.

Aber mit wem konnte sie ausgehen?

Sie kannte jeden in der Stadt. Keiner spielte je eine Rolle in ihren Fantasien. Vielleicht würde ein flotter Spaziergang helfen. Etwas Bewegung würde ihr den Kopf freimachen.

Sie machte sich zu Fuß auf den Weg und trug ihre Schneeschuhe, um ihr Gewicht auf dem verkrusteten Schnee zu verteilen. Die Äste des Waldes knarrten, irgendetwas warf eine Schneewolke ab. Es war friedlich hier draußen, ungestört von den Geräuschen der anderen. Unberührt vom sogenannten Fortschritt.

Die Sonne schien hell und die Luft war frisch. Das half, ihre Nerven zu beruhigen. In diesen Wäldern war sie sicher. Sie brauchte Mateo nicht zu treffen. Sie brauchte niemanden zu treffen.

Bis auf den Lieferanten. Er sollte am frühen Nachmittag ankommen und genügend Zeit mitbringen, um vor Einbruch der Dunkelheit wieder aufzubrechen.

Sie sollte am besten jetzt ihre Fallen überprüfen, damit sie bei ihrem nächsten Besuch in der Stadt etwas hatte, das sie tauschen konnte oder wofür sie Kredit bekam. Etwa hundert Meter von ihrem Haus entfernt hörte sie das Knarren, als eine der Fallen zuschnappte. Angesichts des darauffolgenden Gebrülls brauchte sie nicht erst nachzusehen, um zu wissen, dass sie etwas Großes gefangen hatte, dessen Vokabular von Englisch zu Italienisch wechselte.

Was macht er in meinem Wald?

KAPITEL 3

»Verdammt. Verdammt. Verdammt.« Mateo hätte seine Dummheit verfluchen können, weil er geradewegs in die Falle gelaufen war. Buchstäblich. Sie schloss sich um seine Knöchel und riss ihn von den Füßen.

Zu seiner Verteidigung: Er hatte keine Schlingen erwartet. Er war zu sehr damit beschäftigt gewesen, die winzige Hütte zu untersuchen, die er durch die Bäume sehen konnte. Rauch stieg aus dem Schornstein auf. Aufgrund der Wegbeschreibung wusste er, dass es ihr Haus sein musste. Aber wessen Falle?

War sie in Gefahr? Oder hatte sie jemand zu ihrem Schutz aufgestellt, da sie hier draußen allein lebte? Zumindest laut denjenigen, die er befragt hatte, und unter denen auch der Alpha gewesen war, der ihn knurrend gewarnt hatte: »Lass sie in Ruhe und fick sie um Himmels willen nicht.«

Umgekehrte Psychologie? Das funktionierte bei einem Idioten wie ihm wirklich ausgezeichnet.

Weil er sich nichts sehnlicher wünschte, als sie wiederzusehen. Mit weniger Klamotten. Und im Begriff, genau das zu tun, was Reid ihm verboten hatte.

Er machte eine unruhige Nacht dafür verantwortlich, dass er unvorsichtig gelaufen und in eine clevere Falle getappt war. Zu allem Überfluss hatte er wohl eine Litanei von Flüchen ausgestoßen, denn er hörte sie schreien: »Beruhige dich. Ich bin schon zu dir unterwegs.« Nur Sekunden später pirschte sie sich auf die kleine Lichtung, gekleidet in einer karierten Holzfällerjacke und Stiefeln im Mokassinstil, ein Gewehr über der Schulter. Sie blickte zu ihm hoch.

»Du schon wieder«, knurrte sie.

»Guten Morgen, *Bella*.«

»So heiße ich nicht.«

Das wusste er. Viel mehr wusste er allerdings nicht, da alle ihm das Gleiche sagten: *Lass sie in Ruhe.* »Da du mir deinen Namen ja nicht verraten möchtest, musste ich improvisieren. Ich habe mir Bella ausgesucht, weil du so schön bist.«

Das Kompliment, das er ihr mit dem Spitznamen zu machen versuchte, sorgte nur dafür, dass sie noch verärgerter aussah. »Was machst du hier?«

»Ich bringe Vorräte.« Was nur eine Ausrede war, um sie wiederzusehen. Seine Gefährtin. Er konnte sie nicht aus dem Kopf bekommen. Beängstigend in mancher Hinsicht, und doch hatte er genug über den Paarungstrieb gehört, um zu verstehen, was mit ihm geschah. Menschen hatten die Liebe auf den ersten Blick. Tiere verließen sich auf Instinkt und

Pheromone. Er hatte nicht daran geglaubt, bis der Trieb ihn packte und er sie unbedingt berühren wollte. Sie markieren. Vielleicht an ein paar Bäume in der Gegend pinkeln, um zu zeigen, dass sie ihm gehörte.

Gut, dass er sich das mit dem Pinkeln verkneifen konnte, denn sie schien nicht froh zu sein, ihn zu sehen. Noch nicht. Seine Mutter sagte ihm immer, er könne mit seinem Charme einen Engel aus dem Himmel locken, wenn er wollte.

»Ich sehe aber keine Vorräte«, erklärte sie.

»Die sind beim Schneemobil.«

»Das sehe ich auch nicht.« Sie sah sich übertrieben offensichtlich um.

»Weil es dort drüben steht.« Er zeigte in westliche Richtung zum Wald.

»Also hast du das Schneemobil stehen lassen und bist den Rest gelaufen? Warum? Hast du versucht, dich an mich heranzuschleichen? Dann sollte ich dich nämlich warnen, so wird man leicht erschossen.«

»Ich dachte, ich hätte etwas gerochen.«

»Trotz der Auspuffgase des Schneemobils?«

Verdammt, sie entlarvte jede seiner Ausreden. »Ich habe eine gute Nase.«

»So toll kann sie ja nicht sein, sonst wärst du nicht in die Falle gelaufen. Das ist das erste Mal, dass ich damit einen Tiger gefangen habe. Ich frage mich, wie viel ich für dich in der Stadt bekommen kann«, erklärte sie grinsend.

»Du hast diese Falle ausgelegt?«

»Zeigst du mir jetzt, was für ein Chauvinist du

bist, und erklärst mir, dass es gar nicht so schlecht für eine Frau ist?«

Er grinste. »Eigentlich wollte ich sagen, dass das meiner Mutter gefallen würde.«

Als Antwort kaute sie auf ihrer Unterlippe herum. »Deine Mutter jagt ebenfalls?«

»Eigentlich nicht, aber sie kocht und sie ist eine Liebhaberin frischer Zutaten.«

Sie legte den Kopf schief. »Sprichst du viel über deine Mutter?«

Er hätte lügen können, doch ein Muttersöhnchen wird immer erwischt. Es war besser, es direkt anzusprechen und aus der Welt zu schaffen. »Ich liebe meine Mutter. Sie ist die intelligenteste und stärkste Frau, die ich kenne.«

»Anscheinend ist sie keine besonders gute Mutter, sonst hätte sie dir beigebracht, dass du es respektieren solltest, wenn eine Frau Nein sagt und dass sie dich nicht wiedersehen möchte.«

»Ich bin nicht deinetwegen gekommen, sondern für das Allgemeinwohl. Der Typ, der normalerweise deine Lieferung bringt, hat irgendein Familienproblem und musste nach Hause fliegen.« Aber eigentlich hatte Mateo ihm Eintrittskarten zu einem Hockeyspiel in Vancouver geschenkt. »Ich wurde gefragt, ob ich aushelfen möchte.« Eigentlich war es eher so gewesen, dass er sich freiwillig gemeldet und so lange gebettelt hatte, bis Reid schließlich geseufzt und gesagt hatte: *Na gut, aber komm nicht heulend zu mir gelaufen, wenn sie dir die Eier abschießt.*

»Und du konntest dir natürlich die Gelegenheit

nicht entgehen lassen, ein braves Gemeindemitglied zu sein.«

Sie hatte ihn natürlich sofort durchschaut.

Also änderte er seine Taktik. »Also gut. Ich wollte dich wiedersehen. Kannst du mir einen Vorwurf daraus machen, bei deinem sonnigen Gemüt?« Ja, er trat ihr absichtlich auf den Schwanz und es machte ihm Spaß, besonders als ihr Gesichtsausdruck plötzlich so verkrampft aussah, als hätte sie an einer Zitrone gelutscht.

»Hat dir schon mal jemand gesagt, dass du ziemlich nervig bist? Besonders weil du so fröhlich bist.«

»Das wird mir ständig gesagt. Meine Mutter behauptet normalerweise, es war mein Glück, dass ich als kleines Kätzchen besonders süß war, sonst hätte sie mich für gutes Geld verkauft.«

Ihr Gesicht wurde steinern, bevor sie sich umdrehte und davonging.

»Habe ich etwas Falsches gesagt?«

Sie antwortete nicht.

»Wo willst du denn hin? Ich hänge hier drüben noch immer mit dem Kopf nach unten am Baum«, rief er ihr ins Gedächtnis.

»Ich weiß.«

»Möchtest du nicht etwas dagegen unternehmen?«

Sie machte am Rande der Lichtung halt und sah sich über die Schulter zu ihm um. »Ich lasse dich runter, wenn ich die Vorräte abgeladen habe.« Und mit diesen Worten verschwand sie. Sie haute tatsächlich ab und einen Moment später hörte er das Tuckern eines Motors.

Verdammt noch mal, sie wollte wirklich nichts mit Leuten zu tun haben. Reid hatte ihn gewarnt. Genau wie Boris, dessen genaue Worte gewesen waren: »Das Mädchen ist kaputt. Und wenn du sie aufregst, sorge ich dafür, dass du noch kaputter bist.« Aber die Person, die ihm wirklich Angst machte, war Boris' schwangere Frau Jan, die ihm den Lauf ihrer Waffe an den Hinterkopf gesetzt und geflüstert hatte: »Und denk dran, mein Ehemann wird dir vielleicht wehtun, aber ich werde dich töten. Mit zwei Schüssen. Du stehst nie wieder auf.«

Anstatt Angst zu haben, hatte er gelacht. Wie könnte er auch nicht? Er hatte die Leute gefunden, die zu ihm passten. Ihre Worte sagten ihm mehr als die Tatsache, dass sie einen Hang zur Gewalt hatten; sie sprachen von ihrer tiefen Verbundenheit zu jedem in dieser Stadt, selbst zu einer zurückhaltenden Frau, die verletzt worden war.

Von wem? Angesichts ihrer Reaktion auf das Letzte, was er gesagt hatte – ein Witz über eine Mutter, die ihr Kind verkauft –, hatte er Angst, es sich auch nur vorzustellen. Was für eine Person würde jemals einem Kind etwas antun?

Wie konnte er ihr beweisen, dass manche Personen es wert waren, dass man ihnen vertraute?

Er sollte damit anfangen, ihr zu beweisen, dass er etwas Verstand hatte. Was musste sie von ihm denken, dass er sich in einer Schlinge verfangen hatte und nicht in der Lage war, sich selbst zu befreien?

Erbärmlich. Wie konnte er beweisen, dass er ihr ein guter Gefährte sein würde, wenn sie dachte, dass man sich um ihn kümmern musste?

Seine Bauchmuskeln protestierten, als er sich so weit hochzog, dass er das Seil sehen konnte, das seine Knöchel zusammenschnürte. Er ließ das Messer in den Schnee fallen, bevor er zu fallen begann, und schaffte es, sich zu drehen und auf seinen Füßen zu landen. Nicht dass jemand da gewesen wäre, um seine Wendigkeit zu bewundern. Sie war wirklich gegangen.

Er hatte kein Problem damit, ihr zu folgen, zumal er in der Ferne sein Schneemobil aufheulen hörte. Den Koordinaten nach zu urteilen, die er in sein Telefon eingegeben hatte, waren sie nicht weit von ihrem Haus entfernt. Er joggte den Weg hinunter und kam gerade rechtzeitig an, um zu sehen, wie sie die Ladung aus dem Schlitten, der als Anhänger diente, herauszerrte.

Sie warf einen Blick in seine Richtung, sagte aber nichts, während sie eine Kiste mit Konserven in die Blockhütte schleppte. Die Hütte war nicht besonders groß, vor allem im Vergleich zu den Häusern in der Stadt, und war aus echten Baumstämmen gebaut, die an den Ecken zusammengezimmert waren. Ein Fenster links von der Tür. Kein großes. Aus dem Schornstein des steil aufragenden Daches quoll Rauch. An der Seite der Hütte war ein unberührter Holzstapel, der um die Ecke herum bis zur Eingangstür reichte. Ein Blick um die Seite des Hauses zeigte einen Pfad, der nach hinten führte.

Wenn das Wetter gut war, machte sie sich die Mühe, das Holz zu holen, das am weitesten weg war.

Clever.

Im Gegensatz zu ihm. Er betrat die Hütte und trug dabei zwei große Eimer auf einmal, was im Nachhinein betrachtet dumm war. Ja, es brachte seine feinen Muskeln zur Geltung, aber es bedeutete auch, dass sie den Schlitten viel zu schnell leeren würden.

Trotz der Dachschräge war die Decke im Inneren niedrig, Holzbretter waren über gekerbte Balken gespannt. Sie sah, wie er sie anstarrte, und sagte: »Sie sind auf der anderen Seite mit Dämmmaterial ausgekleidet, aber lose, sodass ich sie im Sommer entfernen kann.«

»Um die heiße Luft aufsteigen zu lassen«, murmelte er. Dann runzelte er die Stirn. »Wird es wirklich so heiß?«

»Vielleicht nicht die Art, die man im Süden gewohnt ist, aber genug, dass einem heiß und man verschwitzt ist, wenn man versucht einzuschlafen.«

Der Gedanke an sie, vor Schweiß glänzend ...

Sein Verlangen wallte auf, als er sie anstarrte. Ihre Lippen öffneten sich. Spürte sie es auch? Die Verbindung zwischen ihnen?

Das wurde unterbrochen, als sie zur Tür hinausging, um eine weitere Ladung zu holen. Er folgte ihr und merkte, dass sie fast fertig waren. Offensichtlich brauchte eine Person, die allein lebte, nicht viel.

In dem Moment, in dem er die beiden großen Wasserkrüge absetzte, konnte sie es kaum erwarten, dass er ging.

»Danke. Und tschüss.«

»Ich nehme an, dass ich dich nicht um einen Drink bitten darf. Ich bin furchtbar durstig.« Er schenkte ihr ein charmantes Lächeln. Das, bei dem seine Mutter jedes Mal die Augen verdrehte und ihm etwas zu essen machte. Und das war ziemlich oft. Ein heranwachsender Amurtiger brauchte sehr viel zu essen.

»Ich habe nur Wasser.«

»Ich liebe Wasser.« Allerdings normalerweise nur als Eiswürfel in einem gekühlten Glas mit etwas Alkoholischem darin.

Sie stapfte zu einem Waschbecken, das aus einem Kanister auf dem Tresen gespeist wurde. Sie goss ihm eine Tasse ein und reichte sie ihm, wobei sie darauf achtete, ihn nicht zu berühren.

Er nahm einen Schluck. »Lebst du schon lange hier?«

Es war schwer zu sagen. Die Hütte sah aus, als hätte sie schon länger hier gestanden, aber innen fehlten die heimeligen Akzente, die sie zu einem Zuhause machen würden. Keine Bilder oder sonstiger Schnickschnack, nur zweckmäßige Dinge. Ein Einzelbett mit Ablagefächern, die darunter verstaut waren. Ein Tisch mit einem einzelnen Stuhl mit gerader Rückenlehne. Um den ganzen Raum herum, bis etwa einen halben Meter unterhalb des Daches, standen Regale mit Büchern. Einer Menge Bücher.

Vor dem Holzofen stand ein einzelner gemütlicher Sessel, der auch als Schaukelstuhl diente, und daneben stapelten sich weitere Bücher. Die Arbeitsplatte erstreckte sich über die gesamte Länge einer Wand und darunter waren Lebensmittel untergebracht. In den Regalen darüber standen Geschirr und Gewürze. Ein brodelnder Topf kochte auf dem Holzofen und verströmte einen köstlichen Duft. Nach den spärlichen Informationen, die er in der Stadt erhalten hatte, lebte sie allein.

»Ich bin schon länger hier.«

»Es überrascht mich, dass du kein Haustier hast.« Manche mochten es für paradox halten, dass ein Gestaltwandler sich ein behaartes Tier hielt, das ihm um die Füße wuselte, aber für viele war es einfach ein treuer Begleiter, der sie manchmal besser verstand, als es die Menschen je könnten.

»Hast du gesehen, wie klein diese Hütte ist?« Sie zog eine Augenbraue hoch. »Außerdem bin ich gern allein.«

»Tatsächlich?« Er sah sich um und versuchte, sich vorzustellen, wie es wäre, allein zu sein. Ohne Fernseher oder Radio. Ohne irgendwelche Geräusche. »Das kommt mir ziemlich … einsam vor.«

»Fang bloß nicht damit an. Hat Tammy dir diesen Floh ins Ohr gesetzt?«

»Was?« Die Frage verwirrte ihn.

»Sie hat dich darum gebeten, die Vorräte herzubringen, nicht wahr?«

»Also eigentlich war das Reid.« Dabei erwähnte er nicht, dass er diesen angefleht hatte.

Sie runzelte die Stirn. »Tatsächlich Reid und nicht Tammy?«

»Würdest du dich besser fühlen, wenn ich dir

erzähle, dass Boris mir damit gedroht hat, mir die Eier abzuschneiden, wenn ich dich aus der Fassung bringe?«

Ihre Mundwinkel zuckten amüsiert. »Allerdings.«

»Und Jan hat mir erklärt, dass sie mir mein Gehirn so gründlich wegpusten würde, dass ich nicht mal mehr als Zombie zurückkommen könnte.«

Sie lächelte ein wenig. »Das hört sich nach Jan an.«

»In der Stadt gibt es ziemlich viele Leute, die sich um dich sorgen.«

Sie zuckte mit den Achseln. »Es sind gute Leute.«

»Aber wenn sie so gut sind, warum versteckst du dich dann im Wald?«

Anstatt zu antworten, fragte sie ihn geradeheraus: »Warum interessierst du dich so sehr für mich?«

Seine Mutter hatte ihn nicht zum Lügner erzogen. »Du bist meine vom Schicksal vorbestimmte Gefährtin.«

Sie blinzelte und dann zeigte sich eine Vielzahl verschiedener Ausdrücke auf ihrem Gesicht. »Nein.«

Sie sagte nur das eine Wort, doch ihr Duft log nicht. Und diesmal versteckte sie sich nicht hinter einem grünen Lufterfrischer aus Karton.

Er grinste. »Doch, bist du.«

Sie schüttelte den Kopf. »Nein. Bin ich nicht. Du kannst dir diese dumme Idee also sofort wieder aus dem Kopf schlagen.«

»Wie kannst du dir dessen so sicher sein? Vielleicht solltest du mich mal mehr aus der Nähe riechen.«

»Ich kann dich von hier aus gut riechen. Trotzdem habe ich kein Interesse.«

Er griff nach ihr, strich nur leicht mit den Fingern über ihre Hand, und sie zuckte zusammen, als hätte er sie getasert – was er schon einmal gesehen hatte. Doch in ihrem Fall zitterte sie nicht unter Strom, sondern ihre Augen weiteten sich.

Aus Angst.

Vor ihm.

Inakzeptabel.

Deshalb hob er sofort seine Hände und wich zurück.

Das hielt sie jedoch nicht davon ab, sich die Schrotflinte neben der Tür zu schnappen und auf ihn zu zielen. »Verschwinde.«

»Jetzt hör mal zu, Bella.«

»Ich sagte, du sollst verschwinden.«

Da er einen schweren Fehler begangen hatte, wusste er es besser, als ihr zu widersprechen. Außerdem traute er sich selbst nicht mehr zu, zu sprechen.

Zu viele Dinge wurden ihm in diesem Augenblick klar. Der Hauptpunkt war, dass jemand seine zukünftige Gefährtin verängstigt hatte.

Nicht nur verängstigt, sondern ihr offensichtlich wehgetan.

Und das war etwas, das er einfach nicht tolerieren konnte.

Sag mir, wen ich umbringen soll.

KAPITEL 4

Rilee zitterte immer noch. Mateo hatte nichts Bedrohliches getan, nur eine kurze Berührung ihrer Haut. Zu sagen, es hätte sie erschreckt, wäre eine Untertreibung.

Erregung. Ein Stoß heißer Lust.

Dann Angst. Panik.

Wenigstens hatte er nicht widersprochen und war gegangen, bevor sie ihn erschießen musste. Als er weg war, verriegelte sie die Tür und lehnte sich dagegen. So blieb sie stehen, lange nachdem der tuckernde Motor des Schneemobils verklungen war.

Sie hasste es, dass sie so schnell in diese Falle getappt war. Würde sie wieder so werden wie damals in dieser schrecklichen Zeit, kurz nachdem Reid sie gerettet hatte, als eine harmlose Berührung dafür sorgte, dass sie sich den Rest der Woche in ihrem Zimmer versteckt hatte? Bei ihrer Ankunft in Kodiak Point – als sie in einem richtigen Schlafzimmer mit eigenem Bad anstelle eines Käfigs aufgewacht war –

war sie kaum mehr als ein wildes Tier gewesen, das kaum noch wusste, wie man sich menschlich verhält. Sie hatte sich geweigert, sich aus ihrer Luchsgestalt zu verwandeln, knurrte und schnappte jedes Mal nach Reid, wenn er in ihr Zimmer kam. Er hatte ihr nie etwas getan. Er blieb nur immer für eine Sekunde stehen und sagte: »Du bist hier sicher. Ich werde dich beschützen.«

Als ob sie ihm das glaubte.

Das Essen, das er mitbrachte – samt Besteck –, war sicher ein Hinterhalt. Aber sie aß es trotzdem.

Mit vollem Bauch starrte sie auf die Dusche. Es war schon zu lange her, dass sie geduscht hatte. Oder ein Stück Seife gesehen hatte.

Nicht dass sie es wagte, sie zu benutzen. Sie konnte nicht zulassen, dass jemand sah, was sie war. Schlimme Dinge würden geschehen.

Während der ersten zwei Tage, nachdem sie aus ihrer Gefangenschaft entkommen war, wartete sie darauf, dass Reid sie missbrauchte. Forderungen stellte. Drohungen ausstieß.

Er tat nichts dergleichen. Er brachte ihr nur immer wieder etwas zu essen. Sie weigerte sich zu sprechen und blieb in ihrer Luchsgestalt, was sich als Herausforderung erwies, als es Zeit war, auf die Toilette zu gehen. Der Gang auf die Toilette war nicht das Highlight ihres Tages gewesen. Dennoch war es ein erster Schritt gewesen, ihre Menschlichkeit wiederzufinden. Und ihren Lebenswillen. Um ... sie selbst zu sein.

Dieses erwachende Bewusstsein war der Moment,

in dem sie erkannte, dass sie Reid vielleicht vertrauen konnte. Nicht nur, dass er ihr nicht wehgetan hatte, sie war auch keine Gefangene. Die Tür zu ihrem Zimmer war nicht verschlossen.

Als sie in einen Flur trat, der genauso banal war wie ihr Zimmer mit seinen abgewetzten Holzböden und neutral gestrichenen Putzwänden, schnüffelte sie. Sie erinnerte sich noch daran, dass sie von Gerüchen überwältigt wurde, der von Reid war der stärkste. Aber da waren auch noch andere. Mit diesem speziellen Geruch, der bedeutete, dass sie anders waren, so wie sie.

Sie war lautlos die Treppe hinuntergeschlichen und war ins Wohnzimmer geschlüpft, ein leiser Schatten, der an den Wänden entlangglitt, wo sie sah, wie eine Frau mit einem kleinen Kind spielte. Einem Baby, das auf dem Rücken lag und mit Füßen und Händen strampelte. Es gluckste.

Der Anblick hatte sie innehalten lassen. Reid hatte sie in sein Haus gebracht. Vertraute ihr in der Nähe seiner Gefährtin und seines Kindes.

Stück für Stück kehrte sie zu sich selbst zurück, aber sie war nicht in der Lage, ihre Albträume loszuwerden.

Reid versuchte es, aber letztendlich konnte er es nicht verstehen. Nur Boris verstand die Schwierigkeiten mit der Posttraumatischen Belastungsstörung.

Es gab eine Zeit, da bezweifelte Rilee, dass sie jemals über das Geschehene hinwegkommen würde. Nach ihrer Zeit im Käfig konnte sie anfangs kaum jemanden um sich herum ertragen. Reid, mit seiner beruhigenden Präsenz und befehlenden Stimme, half ihr, mehr als eine Panikattacke abzuwehren. Auch Boris wurde für sie annehmbar, vor allem weil sie sah, wie der Mann sich um seine winzige Frau Jan kümmerte, und er behandelte Rilee wie eine Tochter. Wie die Art von schroffem Vater, der sie nicht umarmte oder ›Ich liebe dich‹ sagte, sondern ihr regelmäßig anbot, Leute umzubringen, wenn sie sie beleidigt haben sollten. Es war eines der nettesten Dinge, die je jemand zu ihr gesagt hatte.

Sie halfen ihr, sich von ihrer Tortur zu erholen. Besonders Boris verstand es, still in einer Ecke ihres Zimmers zu sitzen, wenn sie schreiend aus ihren Albträumen erwachte. Er sagte nie etwas. Das brauchte er auch nicht, denn er verstand, was in ihrem Kopf vorging. Wie wenig die Vergangenheit sich verdrängen ließ.

Aber irgendwann beherrschte ihre Vergangenheit sie nicht mehr in jedem wachen Moment. Sie lernte, das Haus zu verlassen. Sogar andere Menschen zu tolerieren. Was sie nicht ausstehen konnte, waren enge Räume oder berührt zu werden. Als sie beschloss auszuziehen, hatte sie Angst, dass ihre Hütte sie zu sehr an den Käfig erinnern könnte, in dem sie viel zu lange gelebt hatte. In den ersten Tagen ließ sie die Tür offen, wenn sie drinnen war.

Mehr als drei Jahre später konnte sie sie geschlossen halten und sogar die Fenster schließen, wenn die Zugluft zu schlimm wurde.

Aber sie mochte es immer noch nicht, wenn sie berührt wurde. Und Mateo hatte das offensichtlich verstanden, denn er hatte sich aus ihrem Haus getrollt. Er war wütend gewesen, aber nicht, weil sie ihn zurückgewiesen hatte. Nein. Wenn sie ihn richtig verstanden hatte, war er wütend gewesen, weil sie Angst vor ihm gehabt hatte.

Jetzt, da er wusste, dass sie ihn niemals so ansehen würde, wie er es wollte, würde er nicht zurückkehren.

Wahrscheinlich war es sowieso besser so.

Warum also machte es sie so traurig?

KAPITEL 5

Der Elchmann versuchte, sich Mateo in den Weg zu stellen, aber der ließ sich nicht aufhalten. Er hob Boris einfach kurzerhand hoch und stellte ihn beiseite, was dafür sorgte, dass Jan, Boris' Frau und heutige Rezeptionistin, in schallendes Gelächter ausbrach.

Als der Elchwandler beleidigt schnaubte, erklärte Mateo mit erhobenem Zeigefinger: »Wir spielen später miteinander. Jetzt muss ich dringend mit dem Alpha sprechen. Es betrifft Rilee.«

»Was ist mit Rilee? Was hast du gemacht?«, fragte Boris aufgebracht und mit geballten Fäusten.

»Ich habe gar nichts gemacht. Aber jemand anderes ganz offensichtlich schon«, fauchte er.

Jan klang überrascht, als sie fragte: »Sie hat es dir erzählt?«

»Nein!«, fuhr er sie an. »Aber du hast gerade meinen Verdacht bestätigt. Ich will wissen, wer das getan hat. Und was noch wichtiger ist, ist derjenige schon tot?«

Boris runzelte ausgesprochen angestrengt die Stirn. »So einfach ist das nicht.«

»Das bedeutet, derjenige ist noch nicht tot.« Er machte ein finsteres Gesicht. »Ich will seinen Namen wissen.«

»Ich kann nicht …«

Er ergriff den großen Mann und innerhalb von einer Sekunde hatte er ihn auf den Boden befördert. Boris wehrte sich nicht, was er ein wenig enttäuschend fand.

Allerdings musste er sich auch nicht wehren. Jan und ihr Gewehr standen hinter ihm. »Lass Boris los.«

»Du würdest mich niemals erschießen.«

»Wenn du meinem Mann wehtust, wirst du es herausfinden«, sagte sie mit zuckersüßem Ton.

»Lässt du immer deine Frau deine Kämpfe austragen?«, fragte Mateo.

»Ja, ständig.« Boris schnaubte belustigt. »Ich habe es aufgegeben, ihr zu erklären, dass mich das wie ein Weichei aussehen lässt, wenn sie ständig versucht, mich zu beschützen.«

»Oh, halt den Mund. Du weißt, dass du es liebst. Wenn ihr jetzt also damit fertig seid, darüber zu diskutieren, wie großartig ich bin, würdest du dann liebenswürdigerweise von meinem Mann runtergehen?«

»Von mir aus«, erklärte Mateo widerwillig.

»Was zum Teufel ist hier los?«, knurrte Reid, dessen Tür zum Büro plötzlich offen stand.

»Der Hübsche hier macht sich große Sorgen, weil er herausgefunden hat, dass Rilee eine schwierige Vergangenheit hat«, erklärte Boris.

»Sie hat es dir erzählt?«, fragte Reid und zog überrascht eine Augenbraue hoch. Außerdem hatte er ein Kind auf dem Arm.

»Nein, hat sie nicht, aber es ist verdammt offensichtlich, dass jemand ihr wehgetan hat.«

»Ja. Jemand hat ihr wehgetan. Und zwar sehr«, erklärte Reid leise und in ernstem Ton.

»Erzähl es mir.«

Als Reid zögerte, mischte Jan sich ein. »Es ist eigentlich kein Geheimnis.« Sie sah Mateo an. »Als sie hier ankam, war sie völlig daneben. In Anbetracht der Tatsache, dass sie dazu neigte wegzulaufen, mussten wir die Leute über sie informieren. Zumal sie anfangs niemand anfassen durfte.« Sie presste die Lippen zu einer schmalen Linie zusammen. »Ich schwöre dir, dass ich den, der ihr das angetan hat, eigenhändig erschießen werde, sollten wir ihn jemals finden.«

»Stell dich hinten an«, murmelte Reid. »Und wahrscheinlich ist es eine gute Idee, dich in Bezug auf Rilee vorzuwarnen.«

Jan streckte die Arme aus. »Gib mir den Jungen. Er sollte dieses Gespräch nicht hören.«

Jan nahm das Kind und Reid führte Mateo in sein Büro. »Setz dich.«

Mateo tat, wie geheißen, hauptsächlich allerdings, damit er nicht nervös auf und ab ging. Er hatte das unangenehme Gefühl, dass ihm nicht gefallen würde, was er gleich zu hören bekam.

Reid brauchte einen Moment, bevor er anfing. »Ich habe Rilee vor rund fünf Jahren gefunden.«

»Gefunden? Hatte sie sich verlaufen?«

»Ja. Und zwar in mehr als nur einer Hinsicht. Es fing damit an, dass ich einen Bericht bekam, dass eine Wildkatze die Camper in der Gegend terrorisierte und die Zeltplätze zerstörte. Bevor die Menschen jemanden schicken konnten, um sie zu erschießen, habe ich mal nachgesehen.«

»Wusstest du, dass es sich um eine Gestaltwandlerin handelte?«, fragte Mateo.

Reid schüttelte den Kopf. »Nein, aber die Übergriffe hatten etwas Mutwilliges an sich, sodass die Vermutung nahe lag. Ich fuhr also zu dem Nationalpark, in dem die Übergriffe stattfanden, und machte die Katze ausfindig, die dafür verantwortlich war.«

Da Reid ein Kodiakbär war, war es nicht gerade schwer, sich vorzustellen, dass selbst ein anderes Raubtier vor ihm kuschen würde. »Du hast sie beruhigt und hergebracht.«

Reid schnaubte belustigt. »Wenn es doch nur so einfach gewesen wäre. Bei unserer ersten Begegnung hätte ich beinahe ein Auge verloren. Es dauerte zwei Wochen, in denen ich Rilee mit Essen bestochen und mit ihr gesprochen habe, ohne jemals eine Antwort zu erhalten, bevor sie mich nicht angriff, wenn sie mich sah. Es ist mir nur gelungen, sie aus dem Park zu schaffen, weil die Mitarbeiter der Aufsichtsbehörde sie erwischt und mit Betäubungsmitteln auf sie geschossen hatten. Was, wie ich hinzufügen möchte, sie auch nicht dazu gebracht hat, meine Hilfe mit

Freuden anzunehmen, aber aufgrund der Tatsache, dass sie bewusstlos war, konnte ich tun, was getan werden musste.«

»Was auch erklärt, wie sie hier gelandet ist, doch wie kam es überhaupt, dass sie so außer sich im Wald herumstreifte?«

Reid fuhr sich mit der Hand übers Gesicht. »Das ist der unangenehme Teil der Geschichte. Und sie hat mir nur Bruchstücke erzählt. Um es kurz zu machen: Als sie in ihrer Katzengestalt war, wurde sie gefangen.«

»Eine Luchsin, ausgesprochen selten und wahrscheinlich ein wahres Prachtstück für jeden, egal ob privat oder öffentlich.«

»In ihrem Fall privat. Als sie aufwachte, befand sie sich in einem Käfig als Prunkstück einer Sammlung, die einem Wilderer gehörte.«

»Diese verdammten Arschlöcher.« Alle Gestaltwandler wussten, dass es sie gab, und hassten sie. Deswegen mochten die meisten von ihnen auch keine Schusswaffen, da es das Töten so unpersönlich machte. Doch da die Zeiten sich änderten, mussten auch sie sich ändern. In einem Kampf war es dämlich, einen Typen anzugreifen, der eine Waffe hielt.

»Aber das Schlimme war nicht, dass sie wie eine Sklavin in einem Käfig gehalten wurde. Der Mann, der sie gefangen hatte, war ein Sadist. Und er wusste genau, was sie war. Er versuchte, sie zu zwingen, sich zu verwandeln.«

»Sie zu zwingen ... wurde sie gefoltert?« Diese Offenbarung war wie ein Schlag ins Gesicht.

»Ja, aber ich habe sie nie nach den Details gefragt, um ihr zu ersparen, das Ganze noch einmal durchmachen zu müssen. Das habe ich einfach nicht übers Herz gebracht, da ich wusste, dass sie noch immer Albträume hatte. Als sie noch bei mir gewohnt hat, ist sie mehrmals in der Nacht voller Entsetzen aufgewacht.«

Sein Herz zog sich zusammen. »Aber ganz offensichtlich ist es ihr gelungen zu entkommen.«

»Ja. Irgendwann schon.« Er sagte es leise und eine schreckliche Vorahnung breitete sich in Mateos Magengegend aus.

»Wie lange war sie eine Gefangene?«

»Fünf Jahre. Sie war kurz nach ihrem achtzehnten Geburtstag gefangen genommen worden.«

»Fünf ...« Es machte ihn fassungslos, dass es so lange gewesen war. Und es erklärte auch ihr Verhalten ihm gegenüber. Da er gelegentlich ein paar Monate hier und da in verschiedenen Gefängnissen verbracht hatte, konnte er es nachfühlen. Doch erst dann fiel der Groschen. »Moment mal, wenn sie sich geweigert hat, sich zu verwandeln, bedeutet das, dass sie die ganzen fünf Jahre über in ihrer Katzengestalt verbracht hat.«

Reid nickte. »Es ist erstaunlich, dass ihr überhaupt noch etwas von ihrer Menschlichkeit geblieben ist.«

Es erklärte auch, warum sie sich in einer Stadt voller Menschen nicht wohlfühlte, aber gleichzeitig sollte sie ihre Vergangenheit nicht zu einem Leben allein verdammen. Die Frage war nur, wie man ihr nahekommen konnte.

Als er sein nächstes Carepaket von seiner Mama bekam, hatte er eine Idee. Mit einem Rucksack auf dem Rücken machte er sich zu Fuß auf den Weg, um ihr einen Besuch abzustatten, wobei er diesmal auf Fallen achtete.

Obwohl es ihr natürlich trotzdem wieder gelang, sich an ihn heranzuschleichen.

KAPITEL 6

Rilee spannte den Hahn ihrer Waffe, denn sie wusste, das Geräusch würde ihn alarmieren. »Was machst du hier?«

»Ich habe dir ein Geschenk gebracht.«

»Zu Fuß?«

Allerdings hatte er sich nicht herangeschlichen. Er war gemütlich und völlig unbedarft den Pfad entlangspaziert. »Schneemobile machen einen Haufen Krach. Ich höre gern der Natur zu.« Dagegen konnte sie nichts einwenden.

»Du hast deine Zeit verschwendet. Ich will kein Geschenk.«

»Es handelt sich nicht einfach um irgendein Geschenk. Es ist die geheime Nudelsoße meiner Mutter.«

»Die ich nicht brauche.«

Er lachte laut auf. »So was kann nur jemand sagen, der sie ganz offensichtlich noch nicht probiert hat. Du kannst mir glauben, wenn ich dir sage, dass du noch nie eine bessere Bolognese-Soße probiert hast.«

»Vielleicht mag ich keine rote Soße auf meinem Essen.«

»Aber nur, weil du die von meiner Mama noch nicht gekostet hast«, versicherte er ihr selbstbewusst.

»Bist du tatsächlich hergekommen, um mich dazu zu zwingen, die dumme Soße deiner Mutter zu essen?«

»Dich zu zwingen? Niemals. Obwohl es mich ärgert, dass du die Soße meiner Mutter dumm nennst, sie ist vielmehr das Ambrosia, mit dem sich bei jedem Bissen dein Kopf leert.«

»Ich werde also dumm, wenn ich sie esse?« Sie sah ihn an und grinste. »Das erklärt einiges.« Die Tatsache, dass sie ein Gewehr in der Hand hielt, machte sie mutig. Das und die Tatsache, dass sie schon seit Jahren in Kodiak Point lebte. Sie war sogar mutig genug, um einen Tiger am Schwanz zu ziehen und ihn zu ärgern.

So manch ein Typ wäre ausgeflippt, weil sie ihn beleidigt hatte. Mateo hingegen? Er lachte, sodass sein Grübchen sich noch vertiefte. »Du machst dich lustig und bist skeptisch, aber ich werde es dir beweisen, indem ich das Abendessen für dich zubereite.«

Ihn noch einmal in ihre Hütte zu lassen, wo er all den Platz einnehmen würde und sie sich seiner Anwesenheit wieder unglaublich bewusst werden würde? »Nein.« Sie wich vor ihm zurück, weil sie schon zu viel gesagt hatte. Sie war niemand, der Gespräche führte oder mehr als ein paar Sätze auf einmal sprach.

Obwohl in letzter Zeit ihre Besuche in der Stadt mehr Leute einbezogen hatten. Sie hatte in letzter Zeit sogar ein paarmal bei Reid übernachtet und angeboten, auf sein Baby aufzupassen, damit er mit seiner Frau ausgehen konnte. Sie hatte einen Abend damit verbracht, eine Serie nach der anderen per Internet-Streaming-Dienst zu schauen.

Könnte es sein, dass sie endlich bereit war, wieder unter Menschen zu leben?

Mateo hielt Schritt, keineswegs entmutigt von ihrem Verhalten. »Nur nicht so voreilig. Was, wenn ich dir sage, dass ich auch Mehl und Eier mitgebracht habe, damit ich die Nudeln selbst machen kann?«

Sie sah ihn von der Seite an, seine enorme Körpergröße und das Grübchen in seiner Wange, und versuchte, sich vorzustellen, wie er bis zum Ellbogen in dem Nudelteig steckte. »Du kannst Pasta machen?«

»Schon seit ich klein bin und ich kann dir auch zeigen, wie es geht.«

»Warum sollte ich mir die Mühe machen, wenn es viel einfacher ist, abgepackte Nudeln in einen Topf mit heißem Wasser zu schütten?«

Bei diesen Worten erschauderte er buchstäblich. »Lass das nicht meine Mutter hören. Sie ist dafür bekannt, sich stundenlang über eine bestimmte gelbe Nudelsorte aufzuregen, die bei den Leuten ausgesprochen beliebt ist.«

»Ich bin auch ein großer Fan davon«, rief sie.

Er stöhnte. »Oh, Bella, ich bitte dich, lass mich dir zeigen, wie gute echte Pasta schmeckt.«

Er hatte irgendetwas an sich, das dafür sorgte, dass sie sich innerlich ganz leicht fühlte, und das sie zum Lächeln brachte. Und genau darin bestand die Gefahr. Was, wenn sie sich einen Moment lang vergaß und zuließ, dass er ihr nahekam?

Würde er sie verraten?

Und selbst wenn er das nicht tat, was, wenn er mit ihr flirtete und sie daraufhin die Nerven verlor? Was, wenn sie ihn tatsächlich erschoss, wenn er sie das nächste Mal berührte?

Oder zu schreien anfing?

Sie wusste nicht einmal, was schlimmer gewesen wäre. Es war besser, dafür zu sorgen, dass es niemals geschah.

»Welchen Teil von *Ich möchte lieber allein sein* hast du nicht verstanden?«

»Wie kannst du dir dessen so sicher sein, wenn du noch gar nicht weißt, wie es ist, mit mir zusammen zu sein?« So leicht gab er sich nicht geschlagen.

»Das ist Belästigung.«

»Ist es nicht, ich bitte dich vielmehr darum, mir eine Chance zu geben, weil ich tief in mir spüre, dass wir füreinander bestimmt sind.«

Sie spürte ein scharfes Verlangen danach, dass das die Wahrheit wäre. Doch dann kam sie wieder in die Realität zurück. »Und warum hältst du dich für so etwas Besonderes?«

»Ich bin froh, dass du fragst. Ich sehe ausgesprochen gut aus.«

»Ganz passabel«, erwiderte sie, wobei sie sich durchaus bewusst war, dass sie log.

»Ich habe eine tolle Persönlichkeit.«

»Behauptet wer?«

»Meine Mutter. Und sie sagt auch, ich hätte ausgesprochen süße Wangen.«

Und ohne darüber nachzudenken, streckte sie die Hand aus und kniff ihn in eine Wange. »Die ist gar nicht süß und knuddelig«, beschwerte sie sich. »Isst du vielleicht nicht genug?«

Er keuchte. »Ich kann dir versichern, dass ich mehr als genug esse. Und lass meine Mutter ja nicht hören, dass ich hungrig aussehe. Sie gibt mir jetzt schon viel zu viel zu essen.« Er hob sein T-Shirt hoch, um ihr seinen Bauch zu zeigen, der zwar nicht perfekt definiert, aber muskulös und flach war.

»Du bist nicht fett.«

»Piks mich und sieh selbst nach.«

Sie zog eine Augenbraue hoch. »Ich werde dich nicht anfassen.«

»Ach ja, diese Regel hatte ich ganz vergessen.«

»Es ist keine Regel, sondern eine persönliche Vorliebe.«

»Die ich zu respektieren gedenke. Meine Mutter hat mich gut erzogen. Wandler-Ehrenwort.« Er hob zwei Finger im Schwur.

Sie musste lachen. »So oft wie du deine Mutter erwähnst, wundert es mich, dass du überhaupt zu Hause ausgezogen bist.«

»Es war ein Kampf mit vielen Tränen. Hast du jemals einen ausgewachsenen Mann weinen sehen,

Bella? Das ist kein schöner Anblick. Und obwohl meine Mutter unter Tränen geschworen hat, dass sie sterben würde, wenn ich sie verließe, bin ich schließlich in die Wohnung über der Garage gezogen.«

Sie starrte ihn an. »Bitte sag mir, dass du Witze machst. Du wohnst noch immer zu Hause?«

»Über der Garage«, stellte er klar. »Die Wohnung ist voll ausgebaut und ich zahle sogar Miete und Nebenkosten.«

»Und du wohnst gerade mal fünf Meter von deiner Mutter entfernt.«

»Es sind eher zehn Meter.« Und das schien ihm überhaupt nicht peinlich zu sein.

»Weißt du, in deinem Alter solltest du vielleicht mal darüber nachdenken, dich zu distanzieren. Nicht mehr immer an ihrem Rockzipfel zu hängen.«

»Warum?«

»Weil du ein erwachsener Mann bist und das Ganze ziemlich merkwürdig ist.«

»Sie ist meine Mutter. Sie braucht mich.«

»Und was hält deine Freundin davon?« Zu spät wurde ihr klar, dass es aussehen könnte, als würde sie nach Informationen fischen.

Sein Lächeln hätte selbstgefälliger nicht sein können. »Ich bin Single. Du musst dir also keine Gedanken machen. Besonders, weil ich nicht der Typ bin, der fremdgeht. Wenn du mit mir zusammen bist, musst du mich mit niemand anderem teilen.«

»Außer mit deiner Mutter.«

»Genau. Ich bin froh, dass du es verstehst. Seit mein Vater gestorben ist, bin ich der Einzige, der ihr noch geblieben ist. Nimm es also nicht persönlich, wenn sie dich sofort hasst, sobald sie dich kennenlernt.«

Sie wusste, dass sie eigentlich besser nicht fragen sollte, tat es aber trotzdem. »Warum sollte ich sie jemals kennenlernen?«

»Ich würde sagen, das ist doch ziemlich offensichtlich, da wir vom Schicksal füreinander bestimmt sind.« Mit diesen kühnen Worten schritt er in Richtung ihrer Hütte davon und ließ sie verdutzt zurück.

Das war das zweite Mal, dass er diese Behauptung aufgestellt hatte. Beim ersten Mal hatte die bloße Vorstellung ihr Herz zum Flattern gebracht, und dann war ihr das Blut in den Adern gefroren. Einen Gefährten zu haben bedeutete, jemanden an sich heranzulassen.

Niemals.

Nie wieder.

Sie würde ihn zur Räson bringen. Ihn warnen, dass er seine Zeit verschwendete. Sie wusste es besser, als sich mit jemandem einzulassen.

Als sie die Hütte betrat, bemerkte sie sofort, dass er bereits damit begonnen hatte, seinen Rucksack auszupacken. Ein Einmachglas mit roter Soße. Ein Behälter mit Mehl. Eier, die er in einen weichen, hellgrauen Schal eingewickelt hatte. Als die Eier in Sicherheit waren, reichte er ihr den Schal.

»Der ist für dich.«

»Warum?« Sie zerknüllte den weichen Stoff.

»Brauche ich einen Grund, um dir ein Geschenk zu machen?«

»Ich will kein Geschenk.« Denn die kamen normalerweise immer mit Bedingungen. Sie drückte ihm den Schal wieder in die Hand.

»Wie wäre es, wenn du ihn als Zahlung betrachtest?«

»Und wofür?«

»Dafür, dass du mich nicht getötet hast.«

»Noch nicht«, stellte sie klar. »Dafür, dass ich dich noch nicht getötet habe.«

Ihre Drohung sorgte dafür, dass er den Kopf in den Nacken legte und laut auflachte. Das war irgendwie ansteckend. Sie musste sich auf die Lippe beißen, um nicht mit einzustimmen.

»Wenn du mich töten willst, warte bitte bis nach dem Essen. Ich werde nämlich für eine Geschmacksexplosion auf deiner Zunge sorgen«, schnurrte er geradezu. Doch es war die Tatsache, dass er ihr leichtherzig zuzwinkerte, die dafür sorgte, dass sich etwas zwischen ihren Beinen zusammenzog.

Er wandte sich ab, und das war auch gut so. Sie war nämlich erstaunt und alarmiert darüber, denn zum allererstern Mal seit langer Zeit – seit sehr, sehr langer Zeit – spürte sie Verlangen nach einer anderen Person.

Es überraschte sie vor allem deshalb, weil sie diesen Teil ihres Lebens für erledigt gehalten hatte. Sicher, sie masturbierte, sie war schließlich eine gesunde Frau, aber sie hätte nie erwartet, dass sie jemals wieder jemanden begehren würde und von ihm berührt werden wollte.

Sie starrte ihn an und hörte das tiefe Grollen

seiner Stimme, als er seine Zutaten ausbreitete. Sie wartete darauf, dass die Angst unerträglich werden würde. Die Panik, als sie realisierte, dass sie allein in einem geschlossenen Raum waren.

Aber genau wie bei Reid und Boris und den anderen Personen, denen sie vertraute, konnte sie sich in seiner Nähe entspannen. Vielleicht sogar normal sein.

Er schien jedenfalls nicht zu denken, dass etwas mit ihr nicht stimmte. Er schnappte sich Dinge aus ihren Regalen, als hätte er das Recht dazu, und erzählte ihr Geschichten aus seiner Kindheit, während er Mehl und Wasser abmaß, dann Eier hinzufügte und das ganze Zeug knetete, wobei er immer weiterredete. Er hielt nie die Klappe.

Sie hätte nicht sagen können, wovon er sprach, außer dass er amüsant war, oft unverschämt. Er hatte die Tendenz, sich umzudrehen und sie einfach anzulächeln, als machte ihr Anblick ihn glücklich.

Was seltsam war, denn sie hatte ihn für einen ernsten und grimmigen Mann gehalten. Das erste Mal, als er sich im Laden an sie herangeschlichen hatte, hatte er einen bedrohlichen Eindruck gemacht. Im Wald war er sehr wachsam gewesen.

Aber hier, bei ihr, zeigte er eine sanfte Seite, führte ein einseitiges Gespräch und schien sich nicht daran zu stören, dass sie ihn wachsam beobachtete und auf den Moment wartete, in dem er ... in dem er was tun würde?

Logischerweise wusste sie, dass er sie nicht angreifen würde. Nein, sein Plan war viel schlimmer.

Er bot ihr Freundschaft und die Art von Geplänkel an, die normalerweise zwischen einem Mann und einer Frau stattfand. Die kleinen Sticheleien, die bei einer Person, die weniger kaputt war, wahrscheinlich zu mehr geführt hätten.

Sie hätte ihn jederzeit wegschicken können, aber sie tat es nicht. Stattdessen erlaubte sie sich, für ein paar Stunden so zu tun, als könnte sie das Mädchen sein, das sich mit einem Typen zum Essen verabredet hatte. Die Art von Mädchen, die die Kerzen verdiente, die er aus einem Regal kramte und in der Mitte ihres kleinen Tisches aufstellte.

Das Essen gehörte sicherlich mit zu dem Besten, was sie je gegessen hatte.

Beim ersten Bissen stöhnte sie laut auf. Dann errötete sie.

»Schmeckt es dir?«, fragte er mit seltsam belegter Stimme.

Sie hielt einen Finger hoch, während sie sich einen weiteren Bissen mit der Gabel in den Mund steckte. Sie musste sich doch sicher irren. So lecker konnte es doch gar nicht gewesen sein.

Stöhn.

Der zweite Bissen war sogar noch besser.

»Möge Gott mir helfen, verdammt«, hörte sie ihn murmeln.

Als sie zu ihm hinübersah, stellte sie fest, dass er sich auf seinen Teller konzentrierte und mit dem Brot, das sie gestern gebacken hatte, die Soße auftunkte. Doch er hatte das Brot wirklich unwiderstehlich gemacht, indem er es in Butter geröstet und dann mit getrocknetem Knoblauch bestreut hatte.

Sie tat es ihm gleich und genoss das Festmahl, wobei sie sich viel Mühe gab, das Stöhnen zu unterdrücken. Sie konnte sich jedoch nicht davon abhalten, den Teller komplett leer zu essen.

Nachdem sie damit fertig war, sich vollzustopfen, lehnte sie sich seufzend zurück und gab zu: »Das war wirklich unglaublich lecker.«

»Das war offensichtlich«, knurrte er. »Ich war noch nie im Leben so eifersüchtig auf etwas zu essen.«

»Eifersüchtig?«, fragte sie und lachte nervös auf, spürte bei seinem heißen Blick allerdings auch ein Ziehen in der Magengegend.

»Also …« Was auch immer er sagen wollte, wurde von Ozzy Osbournes »Mama, I'm Coming Home« übertönt. Er runzelte die Stirn. »Sie ist aber früh dran.«

»Wer?«

»Mama.«

Sie hielt das für einen Witz. »Moment mal, ruft deine Mutter dich gerade wirklich an? Wie kann das sein? Ich habe hier kein Signal.«

»Es handelt sich um ein Satellitentelefon. Ich darf das Haus nicht ohne verlassen. Und ja, es ist meine Mutter. Wir unterhalten uns jeden Abend. Gib mir eine Minute. Wenn ich nicht drangehe, macht sie sich Sorgen.« Er stand auf, hielt sich das Handy ans Ohr und nahm den Anruf entgegen, wobei er gehetzt sagte: »Kann ich dich später zurückrufen, Mama? Ich bin gerade ziemlich beschäftigt.«

Rilees Gehör war so genug, dass sie belauschen konnte, was gesagt wurde, doch sie war höflich genug, um beim Abräumen des Tisches laute Geräusche zu machen, die das Gespräch übertönten.

Als sie zu ihm hinübersah, stellte sie fest, dass sein Gesicht einen geduldigen Ausdruck angenommen hatte. »Natürlich bist du mir wichtig. Du bist meine Mutter und hast mir alles beigebracht, was ich weiß, dazu gehören auch meine Manieren. Und ich bin gerade ausgesprochen unhöflich meiner Freundin gegenüber.«

Sie erstarrte. Freundin? Sie hätte sich noch nicht als eine solche bezeichnet, allerdings hatten sie einen angenehmen Nachmittag und frühen Abend miteinander verbracht.

»Ja, es handelt sich um eine Frau, wenn du es unbedingt wissen musst.« Und nach einer Pause sagte er: »Nein, sie ist nicht meine feste Freundin.« Als er das sagte, sah er zu ihr hinüber, zwinkerte ihr zu und formte mit den Lippen *Noch nicht.*

Sie errötete und hoffte, dass es ihr gelungen war, sich schnell genug abzuwenden, sodass er es nicht gesehen hatte.

Er sprach weiter. »Ich habe dir noch nicht von ihr erzählt, weil wir uns gerade erst kennengelernt haben. Wenn du es unbedingt wissen willst, sie heißt Rilee.« Eine typische Charlie Brown-Antwort, bevor er das Handy von seinem Ohr weghielt und zu ihr sagte: »Mama lässt dich grüßen.«

Das hörte sich zwar nicht so an, aber Rilee antwortete schwach: »Äh, Grüße zurück?«

Dann wendete er sich wieder dem Gespräch mit seiner Mutter zu. Ja, er hätte das Carepaket bekommen. Nein, er brauchte nicht noch mehr Socken und Unterwäsche. Ja, er hätte seine Vitamine genommen. Und könnte er sie bitte später anrufen?

Aus dem Telefon ertönten noch ein paar Bla-bla-bla-Geräusche. Er verdrehte die Augen zum Himmel, bevor er sagte: »Ich liebe dich, Mama. Es ist alles in Ordnung. Ich melde mich morgen früh.«

Nachdem er seiner Mutter versichert hatte, dass er sie für immer lieben würde, beendete er das Gespräch und grinste sie etwas verlegen an. »Tut mir leid.«

Woraufhin sie nur den Kopf schütteln konnte. »Mann, ein bisschen krank ist das aber schon.«

»Sie liebt mich eben.«

Das war etwas, das Rilee nicht nachvollziehen konnte. Schon bevor sie in eine Pflegefamilie gesteckt worden war, hatte sie nicht gerade das beste Leben zu Hause gehabt. Ihre Mutter entdeckte Drogen, als Rilee noch klein war. Mit sechzehn hatte sie mehr Zeit in staatlicher Obhut verbracht als bei ihren Eltern. Sie hatte ihren Vater nie kennengelernt.

»Die Liebe deiner Mutter scheint ziemlich anstrengend zu sein«, stellte sie fest.

»Manche Dinge sind der Mühe wert. Komm, ich helfe dir beim Abwasch.«

Beinahe hätte sie Nein gesagt aus Angst vor seiner Nähe, und doch war er, wie schon bei der Zubereitung des Abendessens, ein perfekter Gentleman, der sie kein einziges Mal auch nur mit der Fingerspitze streifte.

Die Tatsache, dass sie ständig darauf wartete, dass es passierte, ließ sie vor Anspannung erstarren. Als der letzte Teller abgetrocknet und weggeräumt war, wurde sie unruhig. Sie hatte nur einen bequemen Stuhl. Es würden nur zwei darauf passen, wenn einer von ihnen auf dem anderen saß. Kam überhaupt nicht infrage, was also nur den Küchentisch oder ihr Bett übrig ließ.

Er schnappte sich seine Jacke und zog sie an, dann schob er die Füße in seine Stiefel. »Vielen Dank, dass du mit mir zu Abend gegessen hast.«

Moment mal, war's das etwa? Er würde einfach gehen?

»Es war wirklich ausgesprochen lecker«, erklärte sie und ließ die Hände sinken, nur für den Fall, dass sie sich ihre Schrotflinte schnappen musste. Sie stand immer in greifbarer Nähe.

»Schön, dass es dir geschmeckt hat. Beim nächsten Mal versuche ich, alles für Fettuccine Carbonara zusammenzubekommen.«

»Ist das die Soße mit dem Speck? Ich liebe Speck«, trällerte sie.

»Du kannst von mir alles haben, was du willst, Bella«, erwiderte er mit rauer Stimme.

»Ich bin ganz erschöpft vom Abendessen. Zeit für mich, ins Bett zu gehen.« Das stimmte allerdings nicht ganz. Sie war kein bisschen müde. Stattdessen prickelte ihr ganzer Körper.

Konnte er es spüren? Er starrte sie lange und so

fest an, dass sie sich sicher war, er würde sie küssen. Sie machte sich sogar schon dazu bereit, ihn abblitzen zu lassen, wenn er es versuchte.

»Gute Nacht, Bella.« Er ging, ohne zu versuchen, sie zu küssen, und sie ging enttäuscht zu Bett.

Voller wehmütigem Verlangen.

Sie fragte sich, wann sie ihn wohl wiedersehen würde. Ob sie dann den Mut aufbringen würde, ihm einen Kuss zu stehlen?

KAPITEL 7

Mateo zwang sich aufzubrechen, trotz ihres Interesses, das er wittern konnte. Er ging, obwohl er eigentlich gern geblieben wäre.

Kaum war er außer Sichtweite ihrer Hütte, konnte er es nicht erwarten, sie wiederzusehen.

Es war der pure Wahnsinn. Eine einzelne Person sollte eigentlich nicht in der Lage sein, all seine Gedanken zu beherrschen, und doch war ihr das in kürzester Zeit gelungen. Er hätte nicht genau definieren können, was sie anders machte als die anderen.

Schönheit war nur eine oberflächliche Angelegenheit. Er spürte ihre Zähigkeit, die ihre Verletzlichkeit verschleierte. Die Tatsache, dass sie Schlimmes durchgemacht und überwunden hatte, zeigte ihren Mut und ihren Widerwillen aufzugeben. Wenn er ihr ein Lächeln entlockte, dann nur, weil er es verdient hatte. Sie flirtete nicht unverschämt und machte ihm nicht pausenlos Komplimente. Sie tat nichts von dem, was

Frauen normalerweise taten, um mit ihm ins Bett zu steigen.

Meistens fragte er sich, ob sie ihn überhaupt als potenziellen Gefährten wahrnahm. Er sah sie auf jeden Fall auf diese Weise. Sogar jetzt, als er sich an den Baum lehnte, konnte er sie sich vorstellen, wenn er die Augen schloss, wie das Licht der Kerzen ihr Gesicht in eine sanfte Wärme tauchte und die Sprenkel in ihren Augen hervorhob. Aber es war ihr Duft, der ihm wirklich im Gedächtnis blieb. Ein Hauch von Wald und ein reizvoller Eigengeruch, der nur ihr gehörte und in dem ihre Erregung mitschwebte.

Er hatte sie küssen wollen, bevor er ging. Er hatte sich nicht getraut. Es war noch zu früh. Oder nicht?

Aufgrund ihrer zurückhaltenden Art und ihrer Nervosität konnte er nicht davon ausgehen, dass sie sich küssen lassen würde. Wie sollte ein Mann eine Frau fragen, ohne den Moment zu ruinieren?

Was, wenn sie Nein sagte?

Was, wenn sie Ja sagte?

Sein Schwanz wurde bei dem bloßen Gedanken steif. Er musste sie gar nicht berühren, um zu wissen, dass die Chemie zwischen ihnen stimmen würde, explosiv und heiß. Wenn sie erst mal angefangen hatten, würde es in leidenschaftlichem Liebesspiel enden. Er würde jeden Zentimeter von ihr küssen. Sie vergöttern und ihr zeigen, dass er ein Mann war, dem sie ihr Leben anvertrauen konnte.

Sie könnten glücklich bis ans Ende ihrer Tage leben – in einer kleinen Hütte mitten in den Wäldern.

Er verzog das Gesicht. Obwohl er die Ruhe mochte, war er sich nicht sicher, ob er den Rest seines Lebens als Einsiedler verbringen konnte. Aber er bezweifelte auch, dass sie jemals zustimmen würde, den Wald zu verlassen. Was bedeutete das also?

Nichts, denn er war viel zu voreilig. Sie hatte ihn ein paar Stunden lang toleriert, was nur bedeutete, dass er einen Schritt in die richtige Richtung gemacht hatte. Er musste immer noch daran arbeiten, dass sie ihm vertraute. Es würde viel mehr brauchen als einen Topf Nudeln, damit sie sich in ihn verliebte. Gut, dass seine Verbannung ihm Zeit gab, sich dem Werben um sie zu widmen.

Eine Gnadenfrist, die am nächsten Tag endete, als sein Boss anrief – sein richtiger Boss, Terrence, nicht der Alpha der Stadt. »Gut, dass wir dich dorthin verfrachtet haben.«

Eine Mahnung, dass er nicht zufällig hier gelandet war. Ja, er war von der Kamera aufgenommen worden. Ja, er musste untertauchen, und was wäre eine bessere Tarnung, als mit einer plausiblen Ausrede an einen strategisch wichtigen Ort geschickt zu werden?

Kodiak Point hatte ein Problem. Hauptsächlich hatte jemand kürzlich Interesse an der Stadt gezeigt und Erkundigungen im Dark Web eingezogen. Er stellte Fragen, die alle möglichen Alarme beim Rat auslösten – bei denen, die über die Gestaltwandler wachten.

»Was ist los, Chef?«, fragte er und trat aus seinem Motelzimmer. Insgesamt gab es fünfzehn Zimmer, jedes ausgestattet mit einem Bett, einem Schreibtisch mit Stuhl, einem kleinen Badezimmer, einer Mikrowelle und einem Minikühlschrank. Die perfekte Junggesellenbude. Kein Wunder, dass seine Mutter sich Sorgen machte.

»Die Zielgruppe ist in Bewegung und steuert ein bestehendes Lager etwa einhundertfünfundvierzig Klicks östlich der Stadt an.«

Die Zielgruppe bestand aus Jägern, die sie stark verdächtigten zu wildern, aber nicht die Art von Tieren, die man im Dschungel findet. Diese Wilderer hatten es nur auf eine bestimmte Art von Beutetieren abgesehen – und waren bisher sehr gut darin gewesen, ihre Identität zu verschleiern. Aber selbst im Dark Web konnten Spuren verfolgt werden.

»Wie viele Personen?«

»Viele«, antwortete sein Chef grimmig. »Gemäß unserer Zählung sind es siebzehn.«

Er stieß einen leisen Pfiff aus, während er die verschlafene Stadt überblickte. »Sind wir uns sicher, dass sie die Einwohner dieser Stadt jagen?«

»Keine Ahnung, obwohl die Waffen für die Bärenjagd geeignet und geladen sind.«

Aber ein Detail stieß Mateo sauer auf. »Moment mal, liegen nicht noch zwei Winterlager näher als das, in dessen Richtung sie ziehen?« Er hatte die Akte gelesen, bevor er nach draußen gekommen war.

»Es gibt welche, aber das, das sie gewählt haben, liegt in einem erstklassigen Gebiet für die Karibujagd, was ihre Tarnung ist.«

»Oder es könnte ein echter Jagdausflug mit ein

paar böse Jungs sein, die versuchen, sich unters Volk zu mischen.« Mateo rieb sich das Kinn. »Wirst du dem Alpha-Kodiakbären Bescheid geben?«

»Noch nicht. Wir brauchen keine Zwischenfälle. Wir werden die Situation weiter beobachten und ihr solltet nach Neuankömmlingen Ausschau halten. Jeder, der in die Stadt kommt, sollte mit äußerster Vorsicht behandelt werden. Wir reden hier von Gummihandschuhen aus Angst vor einer Infektion, und weil du so paranoid bist, dass du dich nackt auszieht und mit einer Drahtbürste schrubbst.« Terrence konnte wirklich gut mit Worten umgehen.

»Vorsichtig sein. Verstanden.«

Er hatte kein Problem mit seinen Aufträgen, bis auf eine Kleinigkeit.

Innerhalb einer Stunde klopfte er an Reids Bürotür, weil das Vorzimmer leer war.

»Komm rein«, rief der Alpha von drinnen. Er war nicht allein. Boris lehnte an einer Wand und ein wuchtiger Kerl streckte sich in einem Stuhl aus.

Der Anführer von Kodiak Point begrüßte ihn mit einem knappen Nicken. »Mateo, schön, dass du da bist. Ich möchte, dass du Gene kennenlernst. Er ist mein Feldstratege.«

Der Mann warf einen Blick in seine Richtung und grunzte. Das war eine übliche Sache unter den Männern in Kodiak Point, viele hatten zusammen beim Militär gedient. Seine Mutter hatte ihm nicht erlaubt, sich bei der menschlichen Armee zu melden, deshalb hatte er die Chance ergriffen, als Terrence ihn rekrutierte.

»Ich wusste nicht, dass ihr eine Besprechung habt. Ich komme später zurück«, erklärte Mateo und wollte sich gerade umdrehen.

»Nein. Bleib besser. Ich denke, du kannst uns bei der Sache unterstützen. Anscheinend campen in der Nähe ein paar Wilderer.«

»Du weißt über sie Bescheid.« Es war eine Feststellung und keine Frage.

»Genau wie du«, erklärte Reid leise. »Wurdest du deswegen vom Rat hergeschickt? Weil du wusstest, dass diese Mörder hierher unterwegs waren?«

Mateo starrte Reid an und warf dann Boris einen Blick zu, der grinste und raunte: »Hast du wirklich geglaubt, wir hätten dich vor deiner Ankunft hier nicht sorgfältig überprüfen lassen? Dein Vorwand war bestenfalls mittelmäßig.«

»Ich hatte den Befehl, nichts zu verraten.«

»Und das hast du auch nicht, aber ich habe mit deinem Chef gesprochen. Und dein Geheimnis ist keines mehr. Nun, da wir es alle kennen, was sollen wir machen? Ich werde nicht zulassen, dass meinen Leuten etwas passiert. Außerdem gefällt mir die Idee nicht, dass diese Mistkerle in unserem Revier jagen«, erklärte Reid.

»Das Ganze ist sogar noch etwas problematischer«, erklärte Mateo. »Denn es sind nicht nur normale menschliche Jäger in der Gruppe. Es befinden sich auch wildernde Trophäenjäger darunter, die unseresgleichen jagen.«

»Und das bedeutet, dass wir die Leute warnen

müssen. Niemand darf sich verwandeln oder bis auf Weiteres in den Wald gehen.«

»Und für wie lange? Bald ist Vollmond. Die Tage sind kurz. Du kannst nicht erwarten, dass alle über einen langen Zeitraum hinweg in der Stadt bleiben«, rief Boris ihm ins Gedächtnis.

»Ich würde sagen, wir kümmern uns nachts darum und sie haben einen Unfall«, lautete Genes wenig feinfühliger Lösungsvorschlag.

Reid schüttelte den Kopf. »Wir können sie nicht einfach umbringen. Ein paar von ihnen sind unschuldig, mal ganz abgesehen davon, wäre es zu auffällig, wenn alle auf einmal sterben. Die Leute würden es bemerken.«

»Und? Vielleicht sollten wir ihnen die Nachricht schicken, dass Jagen keine gute Idee ist«, stimmte Boris Gene zu.

»Jetzt ist nicht der richtige Zeitpunkt, die Aufmerksamkeit auf uns zu lenken.«

»Ich denke, dafür ist es bereits zu spät«, bemerkte Mateo. »Egal wo man hinsieht – in den Nachrichten, online, in den sozialen Medien – gibt es Gerüchte über unsere Existenz.«

»Genau, und damit wir überhaupt in Frieden leben können, dürfen wir nicht so aussehen wie mordende Bestien.«

»Aber sie dürfen uns umbringen, oder was?« Gene stand von seinem Stuhl auf. »Ich werde jedenfalls nicht tatenlos dabei zusehen, während diese Arschlöcher uns als Trophäen jagen.«

Nach dieser Erklärung gab es eine Diskussion,

doch am Ende setzte der Alpha sich durch. Niemand würde ohne Beweise getötet werden. Allerdings beauftragte er Gene damit, einen Freiwilligen zu suchen und die Gruppe aktiv zu beobachten. Als Boris ging, murmelte er etwas davon, die Verteidigungsanlagen der Stadt zu stärken.

Nachdem die beiden gegangen waren, sah Reid Mateo an und sagte: »Jemand muss Rilee vor dieser Gefahr warnen. Vielleicht sollte sie darüber nachdenken, für eine Weile wieder in die Stadt zu ziehen.«

»Das wird ihr nicht gefallen«, stellte Mateo fest.

»Allerdings nicht«, stimmte Reid ihm zu.

Weil er ein Idiot war, meldete Mateo sich freiwillig, ihr die Nachricht zu überbringen.

KAPITEL 8

Sie hörte das Schneemobil, bevor sie es sah. Er parkte es vor ihrer Hütte und sie beobachtete ihn hinter ihren Vorhängen, als er sich näherte. Nachdem sie den vorigen Abend, den größten Teil der Nacht und den heutigen Morgen damit verbracht hatte, an ihn zu denken und sich zu fragen, wann sie ihn wiedersehen würde, war es aufregend und erschreckend zugleich, ihn leibhaftig vor sich zu sehen.

Sie wusste nicht, was sie von ihm halten sollte. In der einen Minute frech und grenzwertig aufdringlich, in der nächsten süß und verwegen anzüglich. Er brachte sie dazu, sich nach Dingen zu sehnen, von denen sie dachte, dass sie sie nie mehr wollte. Er brachte sie dazu, ihn zu begehren, weshalb sie auch nicht aufmachte, als er klopfte.

Als würde ihn das aufhalten. »Im Ernst, Rilee? Ich weiß, dass du da drin bist.«

Gestaltwandler wussten so was immer. »Verschwinde. Ich bin beschäftigt.«

»Würde es helfen, wenn ich dir sage, dass ich dir eine Leckerei mitgebracht habe?«

Sprach er etwa über sich selbst? Sie schüttelte den Kopf. »Ich habe kein Interesse.«

»Was ist denn los, Bella? Ich dachte, wir verstehen uns gut.«

Und genau das war das Problem. Sie hatte Angst. Vor ihm. Vor den Gefühlen, die er in ihr auslöste.

Die Zeit war gekommen, ihre Furcht zu verdrängen. Sie machte die Tür auf. »Warum musst du nur so stur sein? Gibt es keine anderen Leute, denen du auf die Nerven gehen kannst?«, fragte sie leicht genervt.

»Niemanden, den ich so sehr mag wie dich.«

Bei diesem einfachen Geständnis wurde ihr warm ums Herz. »Wo ist die Leckerei, die du mir versprochen hast?«

»Tada!« Er hielt eine Dose Pfirsiche hoch.

»Genau so eine Dose habe ich auch in meinem Vorratsschrank.«

Er wedelte mit der Dose herum und schenkte ihr ein gewinnendes Lächeln. »Was, wenn ich dir verspreche, dass ich einen unglaublich leckeren Kuchen daraus zaubern kann?«

»Du bist doch nicht den ganzen Weg herausgekommen, um mir einen Kuchen zu backen.«

»Warum sollte ich das nicht? Es ist ausgesprochen schön, mit dir zu Abend zu essen.«

»Es ist noch nicht mal Zeit zum Mittagessen.«

»Ich wette, dass du mittags und beim Kaffeetrinken auch ganz großartig bist.« Er zwinkerte ihr zu.

Sie errötete. »Ich hab wirklich ein paar Dinge zu erledigen.«

Er sah sich um. »Ja, ich kann verstehen, dass die Gartenarbeit und die Landwirtschaft zu dieser Jahreszeit besonders zeitintensiv sein können.«

Sie presste die Lippen zusammen. »Es ist Putztag.«

»Tatsächlich ist wohl eher Umzugstag. Herzlichen Glückwunsch. Du bekommst ein mietfreies Zimmer in der Stadt.«

Plötzlich passte ihr Gesichtsausdruck zu ihrer Sturheit. »Ich werde nicht aus meiner Hütte ausziehen.« Sie wollte die Tür zuschlagen, doch er steckte einen Fuß in den Spalt.

»Du hast vergessen, mich zu fragen, warum du zurück in die Stadt ziehen musst.«

»Lass mich raten. Weil es zu gefährlich für eine Frau alleine ist. Weil es so weit draußen ist.« Sie zählte die Punkte an den Fingern auf.

»Es ist wirklich ein ziemlich weiter Weg«, stimmte er zu.

Sie hob trotzig das Kinn. »Wenn du denkst, dass ich zu weit draußen lebe, komm einfach nicht mehr vorbei.«

»Ich habe nie behauptet, dass es zu weit wäre. Aber das ist nicht das Problem. Östlich von hier befinden sich Wilderer.«

»Na und?«, versuchte sie so unbedarft wie möglich zu sagen, obwohl die Furcht sie packte.

»Und Reid hat befohlen, dass alle in der Nähe der Stadt bleiben müssen und sich nicht in ihre Tiere verwandeln dürfen, um eventuelle Vorfälle zu vermeiden.«

»Nicht verwandeln. Ich hab's verstanden.«

»Das ist kein Witz, Bella. Du musst wieder in die Stadt ziehen. Zumindest vorübergehend«, fügte er schnell hinzu.

»Das hier ist mein Zuhause. Hier bin ich in Sicherheit. Oder willst du jetzt etwa auch noch behaupten, dass die Wilderer einfach drauflosschießen?«

Seine Lippen wurden zu einer schmalen Linie und Mateo sah jetzt ganz und gar nicht mehr so jovial aus wie sonst. »Das sind aber keine normalen Wilderer. Sie jagen Gestaltwandler.«

Die Furcht wurde noch größer. »Sie werden niemals herausfinden, was ich bin.«

»Warum wehrst du dich dagegen? Ich kann deine Angst riechen. Du weißt genau, dass es falsch ist hierzubleiben.«

Das stimmte und sie senkte den Blick. Seufzte. »Ich hasse das Motel. Die Zimmer dort sind wie im Knast.«

»Nimm dir ein Zimmer neben meinem und wir lassen die Tür offen, damit es sich eher wie ein weitläufiger Bungalow anfühlt.«

Sie rümpfte die Nase. »Das hilft auch nicht.«

»Was, wenn ich verspreche, dass ich diese Dose Pfirsiche in einen Kuchen verwandle, bei dem es dir die Schuhe auszieht?«

Sie betrachtete seinen Mund und wollte ihn nach einer ganz anderen Leckerei fragen. Er erwischte sie dabei und zwinkerte ihr zu. Sie errötete und wandte den Blick ab. »Na gut, ich komme mit in die Stadt zurück, aber nicht ohne meine Sachen. Ich werde packen, während du den Anhänger holst.«

»Das dauert zu lange. Wir können doch eine Tasche hintendrauf festschnüren.«

Sie schüttelte den Kopf. »Eine Tasche reicht nur für ein paar Tage und ich habe das Gefühl, dass diese Geschichte mindestens eine Woche dauert, wenn nicht sogar länger.« Sie würde Mateo jeden Tag sehen.

»Dann komm mit.«

»Sei nicht albern. Ich muss die Sachen zusammensuchen, die ich mitnehmen will. Tatsächlich solltest du jetzt schon ein paar der Dosen mitnehmen, damit sie nicht einfrieren, wenn der Holzofen ausgeht.«

Sie half ihm, ein paar Kisten zu holen, um sie an das Gestell hinten am Schlitten zu schnallen. Er warf ihr einen scharfen Blick zu, bevor er sagte: »Ich komme spätestens in einer Stunde mit dem Anhänger zurück. Sei bis dahin fertig.«

Sie nickte und hörte zu, als das Motorengeräusch verklang, dann machte sie sich an die Arbeit und füllte einen Seesack mit ihrer Kleidung und ihren persönlichen Sachen. Dann packte sie eine Kiste mit einigen Büchern. Ein weiterer Stapel bestand aus den Lebensmitteln, die das Einfrieren nicht überstehen würden.

In dieser Zeit verdunkelte sich der Himmel und

Wolken zogen mit starken, böigen Winden heran. Fette Schneeflocken begannen zu fallen, als sie die Hütte abschloss, die Fenster von innen verriegelte und ihr Bett machte. Dann saß sie da und wartete. Sie schlief ein, weshalb sie vielleicht nicht hörte, dass Mateo zurückkehrte, sondern nur das feste Klopfen an der Tür.

Im Halbschlaf eilte sie zur Tür und öffnete sie, einen Moment lang geblendet von dem Schnee, der hereinfegte. Er klebte an ihren Wimpern und sie blinzelte.

Dann starrte sie auf das mit einer Sturmhaube verhüllte Gesicht. Völlig überrascht von der Erscheinung des Fremden bemerkte sie die Waffe erst, als es zu spät war.

KAPITEL 9

Der Schnee begann zu fallen, kurz nachdem Mateo den Schlitten hinten an sein Schneemobil angekoppelt hatte. Er hatte gut fünfundvierzig Minuten damit verschwendet, auf den Schlitten zu warten, anstatt den viel kleineren Schlitten zu nehmen. Der Schlitten hatte hohe Wände und eine über die Oberseite gespannte Plane, die ihre Sachen schützen würde. Er verschwendete noch ein paar Minuten damit, ein paar Notvorräte zu laden, da ihm der Zustand des Himmels nicht gefiel.

Boris tauchte auf, als er gerade den Benzintank auffüllte. »Das Wetter wird bald ungemütlich. Vielleicht solltest du lieber abwarten.«

»Rilee ist allein dort draußen.«

»Die hat es sicher und warm in ihrer Hütte. Sie steht das schon durch. Du hingegen …« Der Blick, mit dem er Mateo bedachte, gab ihm deutlich zu verstehen, was Boris von dem Stadtmenschen dachte.

Der Elchmann hatte nicht ganz unrecht. Mateo

hatte im tiefsten Norden mitten im Winter noch nicht viel Erfahrung gesammelt. Wenn dann noch ein Sturm dazukam, konnte es richtig tückisch werden. Doch ein quälendes Unbehagen ließ es nicht zu, dass er sicher in seinem Motel saß und den bösen Sturm abwartete.

»Ich muss fahren. Ich habe aber auf dem Schlitten ein paar Vorräte mitgenommen, nur für den Fall.« Verpflegung, Schlafsack und, in seiner Tasche, Obstkuchen, eine Aufmerksamkeit seiner Mutter.

Boris warf ihm einen strengen Blick zu und klopfte ihm dann auf den Rücken. »Wenn du umkippst, gräbst du dir eine Höhle und versteckst dich, bis das Schlimmste vorbei ist.«

Er würde nichts dergleichen tun, bis er Rilee gefunden hatte.

Die Sicht war nicht die beste, der Sturm und das knappe Tageslicht machten es draußen dunkel, im Wald war es sogar noch düsterer. Der Strahl seines Scheinwerfers war das Einzige, was seinen Weg beleuchtete, der mit fallendem Schnee gesprenkelt war. Die sich rasant vermehrenden Flocken verdichteten sich, bis er nichts mehr sehen konnte, was bedeutete, dass er langsamer werden musste, um nicht mit dem Kopf gegen einen Baum zu prallen. Er würde wahrscheinlich überleben, aber es würde höllisch wehtun.

Das Unbehagen, das in der Stadt begonnen hatte, verstärkte sich noch, als er merkte, dass er nicht mehr wusste, ob er in die richtige Richtung fuhr. Er verlangsamte sein Schneemobil und nahm sich einen

Moment Zeit, um seinen Ärmel hochzuschieben und auf die Uhr zu schauen. Das eingebaute GPS würde ihm seinen Standort auf einer Karte zeigen. Falls der Satellit das Signal lesen konnte.

Hinter seiner Brille blickte er nach oben in den sturmgepeitschten Himmel. Er konnte nicht zwischen Norden und Süden unterscheiden. Es gab auch keine Anzeichen für einen Weg. Er war zu diesem Zeitpunkt schon mehr als zwanzig Minuten unterwegs. War er direkt an ihrem Haus vorbeigefahren? Verdammt, soweit er wusste, war es ganz in der Nähe. Er überlegte schon, ob er Boris' Rat befolgen und sich unter einem Schneehaufen verkriechen sollte, als er es trotz des lauten Brummens seines Motors hörte.

Einen scharfen Knall.

Ein Schuss!

An diesem Punkt verließ ihn jede Vernunft. Er kippte von der Maschine und sprang auf den Boden. Es dauerte nur zwei Schritte, bis ihm klar wurde, dass der Schnee ihn langsamer machen würde.

Er entledigte sich seiner Kleidung und stopfte sie schnell unter die Plane für den Schlitten. Er zitterte und seine Eier zogen sich zusammen, als er sich verwandelte.

Er krümmte sich unter dem Schmerz der Verwandlung, aber er schrie nicht auf, weil er es schon so oft gemacht hatte. Er wusste, was nach den Qualen kam. Euphorie.

Während Mateo die Freuden von zwei Beinen und einem menschlichen Körper genoss, hatte es etwas, ein Tiger zu sein, das die Dinge auf eine einfachere Ebene brachte.

Primitiv, aber dafür umso angenehmer. Der Schnee erwies sich nicht länger als abschreckend, seine breiten Pfoten waren für diese Art von Wetter wie geschaffen. Die Amurtiger waren nicht nur dafür bekannt, die größten Raubkatzen zu sein; sie hatten Mähnen, die nützlicher und wärmer waren als die eines Löwen, Fellstulpen um die Beine und die Fähigkeit, im Dunkeln zu sehen, was sie zu ausgezeichneten Jägern machte.

Wer brauchte schon ein Navigationsgerät, wenn sein Instinkt ihn nie in die Irre führte?

Er hörte zwar keinen zweiten Schuss, aber in der Ferne dröhnte Motorenlärm. Er stob los und wurde erst langsamer, als er Lichter inmitten des fallenden Schnees und der Äste entdeckte. Zeit, weiter nach oben zu klettern.

Er kletterte auf einen Baum und streckte sich auf einem dicken Ast aus, bis er einen Blick auf Rilees Hütte erhaschen konnte. Die Eingangstür stand sperrangelweit offen. Ein Mann stand darin, gekleidet in tarnfarbene Schneekleidung, sein Gesicht von einer Sturmhaube verdeckt. Er gestikulierte zu seinen ähnlich verkleideten Begleitern und rief über das Tuckern der vor der Hütte geparkten Schneemobile hinweg, von denen eines an einen überdachten Anhänger angekoppelt war. Groß genug, um eine Leiche zu verstauen? Er konnte sich nicht sicher sein. Oder war Rilee noch in ihrer Hütte?

Zwei der Typen setzten sich dunkelgetönte Helme

auf den Kopf, bevor sie auf das Schneemobil mit dem abgedeckten Anhänger sprangen. Sie drehten auf der Lichtung bei ihrem Haus um und machten sich bereit wegzufahren. Der verbleibende Kerl bewegte sich auf den anderen Schlitten zu.

Ein dümmerer Mann wäre hineingestürmt. Ein kluger bemerkte die Waffen, die die drei Männer trugen. Zwei Pistolen. Ein Gewehr. Und ein weiteres Gewehr, das an eine der Maschinen geschnallt war. Drei gegen einen und eine Frau zu beschützen.

Nicht die schlechtesten Aussichten. Er sprang zu Boden und begann, sich durch die Bäume zu schlängeln, und zwar in einem solchen Winkel, dass er den fahrenden Schlitten abfangen konnte.

Das *Zischen* erwies sich mehr als ein Gefühl denn als ein Geräusch, das seine Aufmerksamkeit erregte. Trotz des fallenden Schnees und der im Weg stehenden Bäume sah er, dass ihre Hütte in Flammen stand.

Der Drang, hinzulaufen und drinnen nachzusehen, war fast übermächtig stark. Was, wenn er sich geirrt hatte und sie nicht in dem Anhänger war?

Wenn er es vermasselt hatte, dann war es bereits zu spät. Er betete, dass sein Bauchgefühl ihn nicht in die Irre führte.

Die Schneemobile konnten sich bei diesem Wetter nicht sehr schnell bewegen, was ihm einen Vorteil verschaffte. Es gelang ihm, sich einen Vorsprung zu verschaffen, und er ließ die erste Maschine mit ihrem einzelnen Fahrer vorbeituckern und wartete auf die Maschine mit der Ladung.

Von seinem Versteck aus bereitete er sich vor und sprang den Fahrer an. Das Schreien seines Kameraden konnte er jedoch nicht verhindern. Er musste schnell handeln. Er sprang in den Schnee und landete oben auf dem Fahrer. Da er den Mann überrumpelt hatte, hatte dieser keine Zeit, eine Waffe zu ziehen, und er hatte keine Zeit herumzutrödeln.

Der Helm machte es knifflig, aber ein Mensch war einem Tiger nicht gewachsen.

Knack. Der erste Angreifer bewegte sich nicht mehr, aber der zweite hatte Zeit, sich seine Waffe zu schnappen. *Peng.*

Peng.

Das Feuer streifte sein Schulterblatt, als ein Geschoss zu nahe an ihm vorbeiflog.

»Knurr!«

Der nächste Schuss ging daneben, der Mann geriet in Panik, aber, was noch schlimmer war, er erregte dadurch Aufmerksamkeit. Es würde nicht lange dauern, bis der andere Fahrer zurückkam, um zu helfen.

Der Schnee half, Mateo zu verstecken, das weiße Zeug klebte an seinem Fell und seinen Schnurrhaaren und verbarg ihn bis zu dem Moment, in dem er zuschlug. Die Waffe war verschwunden.

In diesem Moment hatte er zwei Möglichkeiten. Nackt in den Schlitten zu springen und sich in Sicherheit zu bringen, und das während eines Sturms. Wahrscheinlich würde er einen Unfall bauen und sich einen Haufen wichtiger Körperteile abfrieren.

Oder er konnte das Unerwartete tun. Er griff mit

den Zähnen nach dem Schlüssel des Schlittens und schaltete ihn ab, sodass sie in reine Dunkelheit eintauchten. So wären sie schwerer zu entdecken.

Der Riemen am Anhänger gab nach, als er ihn mit den Zähnen packte. Er klappte den Deckel ab, und wenn ein Tiger hätte seufzen können, hätte er es getan, als er Rilee darin erblickte, eingewickelt in eine Decke.

Er hörte eine Stimme und blickte zu dem Toten hinüber, der schon eingeschneit war. Aus dem Helm ertönte eine Stimme und sie bekam keine Antwort. Er schnüffelte an Rilee, wollte, dass sie aufwachte.

Sie grummelte im Schlaf.

»Brüll.« Er versuchte, sie wachzustupsen, aber sie rührte sich nicht.

Mist.

Er hörte das Brummen des anderen Schneemobils. Er konnte nicht hierbleiben. Es würde gleich viel zu kalt werden. Trotz der Gefahr für seine baumelnden Körperteile verwandelte er sich. Er nahm die Decke, in die sie eingewickelt war, und wickelte sie sich um seine nackten Schultern, bevor er sie in seine Arme nahm und sie fest an sich drückte. Dann machte er sich auf den Weg, die Richtung war nicht so wichtig, wichtiger war es, sie vom Feind wegzubringen.

Die gute Nachricht war, dass der Schnee seine Spuren verwischen würde. Und gleichzeitig hatte er den Feind hinter sich gelassen.

Ein Arschloch, das versucht hatte, Rilee zu entführen.

Er musste nicht weit gehen. Das musste er auch nicht wegen des Dickichts, auf das er stieß. Ein vorheriger Schneefall, der teilweise geschmolzen und dann gefroren war, hatte die Äste oben zusammengefroren, was bedeutete, dass er in die Mitte eindringen konnte, um ein kleines provisorisches Nest zu bauen, nachdem er ein paar Äste zerbrochen hatte, dann setzte er Rilee ab. Legte die Decke um sie.

Dann ging er – wieder als Tiger – auf die Jagd.

KAPITEL 10

Sie fröstelte. Kalt. Es war immer so kalt. Es half nicht gerade, dass er endlich zurückgekehrt war, nur um sie zu verspotten.

Es war schon viele Tage her, dass sie seine Folter über sich ergehen lassen musste. Eine wohltuende Erleichterung. Obwohl sie den Käfig hasste, bot er ihr auch eine Art Schutz vor den Tritten und Schlägen. Den Verbrennungen durch Zigarettenstummel. All den Dingen, mit denen er versuchte, sie seinem Willen zu unterwerfen.

Er war wütend, weil sie sich nicht auf Befehl für ihn verwandelte. Nur einmal, ein einziges dummes Mal, hatte gereicht, um zu erkennen, was das für ein Fehler war. Sie hatte nachgegeben, hatte sich in sich selbst verwandelt und nackt und an die Gitterstäbe geklammert in dem Käfig gehockt und hatte ihn angefleht. »Bitte, du musst mich gehen lassen.«

Er antwortete: »Es ist also wahr. Weißt du eigentlich, was du wert bist?«

Der Kerl, den sie als Shayne kannte, stand wieder einmal vor ihrem Käfig, die Hände in die Taschen gesteckt, und versuchte nicht, sie durch die Gitterstäbe zu stoßen. Offensichtlich hatte er dazugelernt, seit er siebzehn Stiche gebraucht hatte, um die Wunde zu schließen. Auch sie hatte dazugelernt, dank der siebzehn Hiebe mit einer Peitsche mit silbernen Dornen. Die Peitsche hing an der Wand hinter ihm, wie auch die anderen Instrumente, mit denen er ihr Schmerzen zufügte.

Shayne verstand jedoch nie, dass sie den Schmerz, sich seinen Wünschen zu widersetzen, der Apathie vorzog, wenn sie nachgab. Sie würde ihn niemals gewinnen lassen. Ihm niemals geben, was er wollte.

Gestaltwandler-Babys. Seine und ihre. Zu seiner Verärgerung hatte er herausgefunden, dass die Befruchtung mit menschlichem Sperma nicht funktionieren würde, solange sie in ihrer Luchsgestalt war. Solange sie ein Tier blieb, konnte er nicht viel daran machen. »Wie ich sehe, möchtest du lieber weiterhin ein wildes Tier in einem Käfig sein«, stellte er fest, als wäre es ihre Entscheidung, eingesperrt zu sein. »Wie lange willst du dich mir noch widersetzen? Davor haben dir meine Berührungen ja auch nichts ausgemacht.«

Das war, bevor sie wusste, was für ein Monster er war. Vor dem Betrug. Selbst der Name, unter dem sie ihn kannte, war falsch. Sie fletschte die Zähne.

»Immer noch so aufsässig. Das ist schön, denn ich habe ein Angebot für dich.«

Als würde sie irgendein Angebot von ihm annehmen. Sie knurrte.

Er lachte. »Nicht diese Art von Angebot. Jemand will dich haben. Sehr sogar. Sogar mehr als ich. Und er ist bereit, dafür zu zahlen. Er sieht es auch nicht ganz so eng, wenn es darum geht, Sex mit Tieren zu haben. Und davon mal ganz abgesehen hat er bereits einen männlichen Luchs, der nur darauf wartet, dich zu begatten. Wie ich höre, hofft er auf einen ganzen Wurf Kätzchen. Du wirst also Mutter. Was hältst du davon?«.

Sie warf sich gegen die Gitterstäbe ihres Käfigs, nur um aufzubegehren. Der elektrische Schlag, der sie traf, warf sie auf den schmutzigen Boden.

»Rilee, Rilee, Rilee«, sagte Shayne amüsiert und kniete sich hin, damit sie ihn sah, während er sie verspottete. »Du hättest netter zu mir sein sollen. Nicht dass es jetzt noch eine Rolle spielt. Du hattest deine Chance. Mein Freund hat mir versprochen, dass ich mir aus dem ersten Wurf ein Kätzchen aussuchen darf. Ich glaube, ich hätte gern ein Mädchen. Der werde ich gleich von klein auf beibringen zu gehorchen.«

Wenn sie etwas im Magen gehabt hätte, hätte sie sich vielleicht erbrochen. Aber sie hatte seit Tagen nichts mehr gegessen und lag am nächsten Morgen ohnmächtig in ihrem Käfig. Unter ihren Pflegern herrschte Bestürzung. Niemand wollte derjenige sein, der dem Chef sagen musste, dass sein wertvollster Luchs gestorben war.

Das machte sie ungeschickter als sonst. Weniger vorsichtig, als sie ihre Käfigtür öffneten, um ihre Vitalfunktionen zu überprüfen.

Sie schlitzte dem ersten Pfleger die Halsschlagader auf und tötete ihn effektiv, bevor sie merkten, dass sie ihre Bewusstlosigkeit nur vorgetäuscht hatte. Als einer von ihnen Alarm schlagen wollte, war sie schon aus dem Käfig und stürzte sich auf ihn.

Sie hatte keine Zeit, sich zu überlegen, wie sie entkommen konnte, weil sie wusste, dass sie nur eine einzige Chance bekommen würde.

Eine Chance zu leben, weshalb sie ihre Ohren vor den Schreien und ihre Augen vor dem Blut verschloss. Die Schuss-

wunde, die sie streifte, als sie über das Tor seines Anwesens kletterte, verheilte schließlich.

Die Angst blieb.

Denn sie hatte immer befürchtet, dass sie eines Tages die Tür öffnete und er davorstand.

Und nur darauf wartete, sie zurückzubringen.

Und dann war er da. Und verspottete sie. Lachte, als er sagte: »Ich bin wieder da, Rilee.«

»Nein!« Sie flüsterte das Wort, als sie plötzlich aufwachte, noch immer in ihrem Albtraum gefangen, indem sie die Tür ihrer Hütte öffnete und in diese Augen sah. Die Augen, die sie nie wieder vergessen würde.

Ihr größter Albtraum war wahr geworden.

Shayne hatte sie gefunden.

Und allein bei dem Gedanken erstarrte sie.

Sie verharrte bewegungslos, um sich ihrer Lage klar zu werden. Sie war nicht in ihrem Bett, und doch war ihr warm und sie lag bequem. Sie war in eine Decke gehüllt. Ihre Decke, erkannte sie in dem schummrigen grauen Licht, und doch kam die eigentliche Wärme von dem pelzigen Körper, der neben ihr eingezwängt lag. Ihr Atem beschleunigte sich.

Dann kam er ganz zum Stillstand, als das Tier an ihr schnupperte. Als ihr Herz sich wieder beruhigte, gelang es ihr, die Panik zu überwinden und zu erkennen, wer die riesige Katze neben ihr eigentlich war.

»Mateo?«

Er schnaufte und sie bewegte sich, um im Halbdunkel den gewaltigen Tiger zu sehen, der sie vor der Kälte schützte. Attraktiv als Mann war er noch prächtiger als Katze. Und von einer furchterregenden Größe.

»Aber wie? Was ist passiert?« Sie versuchte, sich aufzurichten, fing dann aber wieder heftig zu atmen an, als ihr klar wurde, dass sie in irgendeiner Art engem Kasten lagen. Sie konnte auf allen Seiten die Wände spüren. Sie umgaben sie. Hielten sie gefangen.

Ich stecke in einem Sarg und bin lebendig begraben!

»Ganz ruhig, Bella.« Seine Stimme hüllte sie ein, war ruhig und ermutigend. Verschwunden war sein Fell und stattdessen war da Haut.

»Wo sind wir? Sind wir tot?« Ihre Stimme brach.

»Fühle ich mich für dich etwa tot an?«, antwortete er trocken. Als Mann war er immer noch genauso heiß. »Wir verstecken uns im Anhänger des Schlittens. Der Sturm war zu stark, sodass ich uns nicht in die Stadt zurückfahren konnte.«

Und tatsächlich konnte sie den Wind draußen pfeifen hören. »Was ist passiert?«

»Erzähl du es mir.«

Sie sollte ihm erzählen, wie sie wie eine Idiotin ihrem Feind die Tür geöffnet hatte. Wie er sie eiskalt erwischt hatte. Eigentlich hätte sie in einem Käfig aufwachen müssen. Und das konnte nur eins bedeuten ... »Du bist gekommen, um mich zu retten.«

»Und das werde ich immer tun, Bella.«

Ihr kamen vor Erleichterung die Tränen und sie vergrub ihr Gesicht an seiner Brust, wobei sie am ganzen Körper zitterte, als die Furcht sie verließ. Er schloss sie in seine Arme, drückte sie an sich und murmelte beruhigend auf sie ein.

Langsam ließ die Panik nach und es gelang ihr, ein paarmal tief durchzuatmen. »Es geht mir wieder gut«, gelang es ihr zu flüstern.

»Mir nicht«, gab er zu. »Ich hätte dich nie allein lassen dürfen.« Dieses Eingeständnis sagte er ausgesprochen schuldbewusst.

»Das hast du nicht wissen können. Aber ich schon. Ich wusste, dass er mich eines Tages finden würde.«

Einen Moment lang erstarrte er. »Sie hatten bewusst vor, dich zu entführen?«

Sie nickte, bevor sie leise sagte: »Er hat mich gefunden.«

»Der Mann, der dich gefangen gehalten hat.« Es war eine Feststellung, keine Frage, da jemand es ihm offensichtlich erzählt hatte.

»Ich hätte wissen sollen, dass ich niemals in Sicherheit sein werde.«

»Wage es nicht, so was auch nur zu denken. Du musst dir über diese Idioten, die dich entführen wollten, keine Sorgen mehr machen.« Die Vehemenz, mit der er das sagte, hüllte sie ein. Dann fügte er etwas bedrohlicher hinzu: »Ich habe mich um sie gekümmert.«

Er hatte nicht gesagt, dass er sie getötet hatte. Das musste er auch nicht. Und schon allein der Gedanke daran hätte dafür sorgen müssen, dass sie versuchte, sich aus seinen gewalttätigen Armen zu befreien, doch stattdessen lächelte sie. »Mein Held.« Sie richtete sich ein wenig auf, um sein Gesicht in der Dunkelheit sehen zu können. »Vielen Dank.«

Er starrte sie an, sein Blick voller Begierde, und sagte mit erstickter Stimme: »Gern geschehen. Möchtest du ein Stück Kuchen?«

Wie sich herausstellte, war er nicht ganz unvorbereitet gekommen. Unter der Plane, während draußen der Wind pfiff, aßen sie den Obstkuchen seiner Mutter, fruchtig und nussig. Im Inneren des Schlittens war es warm, die Wände waren hoch genug, dass sie sich ein wenig bewegen konnten, vor allem, nachdem er sich aufgesetzt hatte, wobei er mit dem Kopf gegen die Plane stieß und die Decke ein wenig anhob. Er hatte es geschafft, sich die Kleidung anzuziehen, die er in weiser Voraussicht im Schlitten verstaut hatte.

»Wie lange müssen wir hierbleiben?«, wollte sie wissen.

»Weißt du, wie man während dieses Schneesturms zurück in die Stadt gelangt?«

Sie schüttelte den Kopf.

»Dann müssen wir wohl warten, bis der Sturm sich gelegt hat.«

»Und was sollen wir während der ganzen Zeit machen?«, fragte sie.

Reden anscheinend. Er unterhielt sie mit weiteren Geschichten aus seiner Kindheit. Er erzählte ihr sogar, dass sein Vater während eines Einsatzes gestorben war.

»Er war ein guter Polizist. Und ein großartiger Vater«, sagte er mit trauriger Stimme. »Als er starb, war meine Mutter am Boden zerstört.«

»Und deswegen steht ihr euch auch so nahe.«

»Ja.« Er zuckte mit den Achseln. »Ich bin alles, was ihr noch geblieben ist. Du weißt ja, wie das ist.«

Das wusste sie eigentlich nicht, doch da er ihr so viel erzählt hatte, wollte sie es ihm gleichtun. »Ich habe meinen Vater nie kennengelernt. Und meine Mutter war nicht der Typ Frau, der lange mit einem Mann zusammenblieb. Sie wollte immer das, was sie nicht hatte. Sie war auch nicht der Typ Frau, der sich gern um ein Kind kümmerte. Ich war ihr im Weg.«

Er runzelte die Stirn. »Kinder sind ein Segen.«

»Nicht, wenn dein Freund anfängt, deiner Tochter hinterher zu glotzen, und du dich alt fühlst. Dann ist es anscheinend in Ordnung, sie zu verraten.« Zu spät klappte sie den Mund zu.

»Es war deine Mutter, die jemandem erzählt hat, was du bist?« Aus seinen Worten sprach das Entsetzen.

»Sie hat nie verstanden, warum ich anders war. Für sie war ich nichts weiter als ein Freak. Verdammt, ich war davon überzeugt, dass etwas mit mir nicht stimmte, bis ich andere wie mich kennenlernte.«

Er klang traurig, als er sagte: »Es tut mir so leid, dass du eine schlimme Kindheit hattest. Du hast Besseres verdient, Bella.«

»Irgendwie bin ich selbst daran schuld, weil ich geblieben bin.« Sie lachte bitter. »Ich meine, ich wusste, dass sie mich hasst. Ich wusste nur nicht, wie sehr.« Zumindest so lange nicht, bis sie in dem Käfig und bei Shayne aufwachte, einem Typen, mit dem sie kurz zusammen gewesen war, der allerdings zu heftig für ihren Geschmack gewesen war – mal ganz abgesehen von der Tatsache, dass er sich damit brüstete, ein Wilderer zu sein – und der ihr erzählte, wie ihre eigene Mutter ihm die Information darüber verkauft hatte, was sie wirklich war. Eine Mutter, die ihre Tochter betrog, um an Geld für Drogen zu gelangen.

»Bist du dir sicher, dass er tot ist?«, fragte sie und hatte plötzlich das heftige Bedürfnis, sich dessen zu versichern. Als sie die Tür geöffnet und *sein* Gesicht gesehen hatte … sie erschauderte. Sie musste sich einfach vergewissern, dass der Albtraum endlich vorbei war.

»Nachdem ich die beiden getötet hatte, die versucht haben, mit dir abzuhauen, habe ich den Dritten gejagt. Die siehst du nie wieder.«

Drei Menschen mussten ihretwegen sterben. Einer von ihnen musste Shayne gewesen sein. Was die anderen beiden angeht … sie hätten eine bessere Wahl treffen sollen.

Sie stieß einen zitternden Seufzer aus. Er war tot.

Sie brauchte keine Angst mehr zu haben. Und sie musste Mateo danken.

Es war die falsche Zeit. Der falsche Ort. Aber sie küsste ihn trotzdem auf die Wangen. Ganz sanft. Sie hatte Angst, die Panik könnte aufsteigen und sie erdrücken.

Als das nicht der Fall war, küsste sie ihn wieder und wieder, sanfte Küsse, die in eine tiefere Umarmung übergingen. Er zog sie auf seinen Schoß und trotz ihrer Kleidung spürte sie seine Erektion. Aber das Überraschendste und Willkommenste von allem war das Verlangen.

Sie wand sich, als sie versuchte, sich auf ihn zu setzen, plötzlich ungeduldig. Er stöhnte gegen ihren Mund, als ihre heiße Zunge seine berührte.

»Wir sollten uns wirklich besser überlegen, wie wir in die Stadt zurückkommen.«

»Später«, murmelte sie. In der vergangenen Nacht war ihr schlimmster Albtraum wahr geworden und hatte sich als die Erleuchtung herausgestellt, denn sie hatte endlich erkannt, dass sie ein Leben – nein, eher eine Existenz – in Angst geführt und nur auf den Tag gewartet hatte, an dem er sie erwischte.

Sie hatte ihr Leben verschwendet. So viele Dinge verpasst, zum Beispiel das Verlangen, das man nur mit einem Mann spüren konnte.

»Fass mich an«, bat sie ihn.

»Bist du dir sicher?«, murmelte er an ihrem Mund.

»Ich glaube schon.« Und dann fügte sie überzeugter hinzu: »Ja.«

Mit den Fingern tastete er den Saum ihres Pullovers ab und glitt darunter, zerrte an ihrem Thermounterhemd, bevor er ihre weiche Haut spürte.

Sie zitterte, nicht vor Kälte, sondern bei dem Gefühl seiner rauen Fingerspitzen, die über ihre Haut glitten. Sie berührten. Sie lehnte sich zurück, damit er ihr Hemd nach oben ziehen und ihre Brüste entblößen konnte.

Als er innehielt, packte sie seinen Kopf und drückte ihn gegen ihre harte Brustwarze.

Er brauchte keine weitere Aufforderung. Er nahm sie in den Mund und saugte daran. Die Wärme seines Mundes entlockte ihm ein Stöhnen.

Mit seinen Händen umfasste er ihre Brüste und drückte sie zusammen, während er sie mit Liebkosungen überhäufte, woraufhin sie seufzend stöhnte. Als er seine Finger wandern ließ, half sie ihm, indem sie sich hinkniete, damit er ihre Hose aufknöpfen und seine Hand hineinschieben konnte, um sie zu streicheln.

»Ich will dich schmecken«, bat er murmelnd an ihre Haut gepresst.

Das war leichter gesagt als getan in dem Anhänger mit der Decke und der Plane, doch es gelang ihr irgendwie, sich hinzulegen. Er zog ihr die Hose weit genug herunter, sodass er an den Schatz gelangen konnte, der zwischen ihren Schenkeln lag.

Beim ersten Lecken bäumte sie sich auf. Beim zweiten und dritten Mal zuckte sie bereits. Seine Zunge hatte eine leichte Rauheit, die sie wild machte. Und als er mit zwei Fingern in sie eindrang, ritt sie auf seiner Hand, ritt sie, bis sie zum Orgasmus kam und vor lauter Lust schrie.

Sie griff nach ihm und versuchte, ihn näher an sich zu ziehen. »Ich brauche dich jetzt.«

»Später«, murmelte er, ohne den Kopf zu heben, und leckte und liebkoste sie weiter, bis sie erneut kam, und diesmal sogar noch heftiger.

Als sie endlich wieder zu Atem kam, fand sie sich in seinen Armen wieder und er ...

»Schnurrst du etwa?«

»Ja.«

»Raubkatzen schnurren nicht.«

»Ich schon. Aber nur für die richtige Frau«, fügte er hinzu und drückte sie.

»Es sieht nicht so aus, als würde es sich beruhigen. Anstatt eine weitere Nacht im Schlitten zu verbringen, sollten wir vielleicht versuchen, meine Hütte zu finden. Wir können das Feuer im Kamin anzünden und du kannst den Kuchen mit den Pfirsichen machen, wie du es mir versprochen hast«, schlug sie vor und ihr Magen knurrte.

Er erstarrte und seine Stimme war kaum mehr als ein leises Knurren, als er sagte: »Das können wir nicht, Bella. Deine Hütte ist Geschichte. Sie haben sie angezündet, bevor sie gegangen sind.«

»Angezündet?«, flüsterte sie. Und was war mit ihren Sachen? Mit ihren Büchern? Einen Moment lang war sie den Tränen nahe, doch dann erinnerte sie sich wieder an das Wichtigste.

Sie lebte. Es war nicht das erste Mal, dass sie wieder von vorne anfangen würde. »Dann hoffe ich mal, dass das Zimmer im Motel noch immer für mich reserviert ist.«

»Oder du könntest bei mir wohnen.«

KAPITEL 11

Zu viel. Zu früh. Er hätte den Mund halten sollen. Ein Hauch von Panik leuchtete in Rilees Blick auf. Da er nicht wusste, was er dagegen tun sollte, küsste er sie.

Und küsste sie weiter. Aber anstatt mit ihr zu schlafen, hielt er sie fest und lauschte dem Wind, der in dieser Nacht abflaute.

Als sich der Himmel aufklärte, aktivierte sich sein GPS und er erhielt eine Flut von SMS. Die von seiner Mutter waren die eindringlichsten.

Rilee stellte verschlafen fest: »Sie ist sicher verrückt vor Sorge. Du hast sie an zwei Abenden hintereinander nicht angerufen.«

Er machte sich allerdings mehr Sorgen darüber, dass sie seit dem Nachmittag des Vortages keine weiteren Mitteilungen mehr geschickt hatte. Schnell sandte er seiner Mutter eine Nachricht, in der er einfach nur schrieb: »Ich bin am Leben. Ziemlich beschäftigt. Ich rufe dich an, sobald ich Zeit hab.«

Dann schrieb er an Reid: »Ich habe Rilee. Es hat aufgehört zu schneien. Ich schaue gleich nach, ob das Schneemobil noch funktioniert. Es gab Schwierigkeiten.«

Er wartete nicht auf eine Antwort. Sie mussten sich langsam mal in Bewegung setzen. Doch zuerst küsste er noch einmal Rilee.

Sie senkte den Kopf. »Es ist anscheinend an der Zeit, in die wirkliche Welt zurückzukehren.«

War sie genauso widerwillig, wie er es war? Er wusste, sie würden nicht viel Zeit miteinander verbringen, sobald sie angekommen waren, weil der Angriff alles verändert hatte. Allerdings sagte er nichts davon zu Rilee, denn nach der Intimität, die sie geteilt hatten, war das nicht die Art, wie er den Tag beginnen wollte. Sie schoben sich aus ihrem Schlittenzelt.

Die Welt dahinter blieb größtenteils dunkel, die Dämmerung setzte gerade erst ein, was bedeutete, dass es bereits später Vormittag war. Er hatte länger geschlafen als erwartet.

Frischer Schnee bedeckte alles, auch das Schneemobil, das verschüttet war. Der Anhänger, in dem sie Schutz gesucht hatten, war ebenfalls verschüttet, was sie zwar warm gehalten hatte, ihnen aber keine einfache Abfahrt gestattete.

Er musste sich geschlagen geben, als er den Schlitten ausgraben wollte, der aber nur weiter verschüttet wurde. »Wir werden laufen müssen.«

Er hörte sich so unglücklich an. Sie legte ihm eine Hand auf den Arm. »Ist schon in Ordnung. Wir ziehen uns schön warm an.« Wenigstens hatten ihre Entführer sie einigermaßen so angezogen, dass sie den Elementen trotzen konnte, was bedeutete, dass sie Stiefel und ihren Mantel anhatte, aber keine Hose.

Er hatte eine komplette Ausrüstung, doch keiner von ihnen hatte Schneeschuhe. Das bedeutete, dass sie bei jedem Schritt einsackten. Manchmal sogar bis zum Oberschenkel.

Sie grummelte: »Das wird ewig dauern.«

»Ich schicke Reid noch eine Nachricht.«

Sie seufzte. »Bitte tu das nicht. Dann muss ich mir seine Standpauke darüber anhören, wie er mich von Anfang an davor gewarnt hat, dass ich mich in Gefahr begeben würde, wenn ich hier draußen wohne.«

»Dann gibt es anscheinend nur noch eins, das wir tun können. Dann zeig mir mal diese berühmte Luchsin.« Er bewarf sie mit Schnee.

Das war die einzig vernünftige Lösung für dieses Problem. »Ich hasse es, mich im Schnee zu verwandeln«, grummelte sie, während sie sich auszog.

Wohingegen er die Show ziemlich genoss. In der Enge des Schlittens hatte er sie kaum sehen können und er konnte auch jetzt nur einen kurzen Blick erhaschen, bevor sie sich in ihre Katze verwandelte. Als sie mit ihrer Verwandlung fertig war, hatte er sich auch schon seiner Kleidung entledigt und beschnupperte die hübsche Luchsin mit ihrer grau-weißen Färbung und ihrem Fell, das genauso dicht, vielleicht sogar noch dichter, war als sein eigenes. Ihr Schwanz war ein kurzes, flinkes Ding. Sie gab ein verspieltes Fauchen von sich, bevor sie davon sprintete.

Es ging los!

Sie rannten durch die Bäume, die Stille wurde nur durch das Knacken von Ästen unterbrochen, die unter dem Gewicht des Schnees zerbrachen, und durch das gelegentliche Zischen von Schnee, der in Klumpen von den Bäumen fiel. Der frische Schneegeruch belebte die Lunge, wurde aber bald von dem Geruch von etwas Verbranntem überschattet. Offenbar war er in der Nacht zuvor über sein Ziel hinausgeschossen. Als die Luchsin die ausgebrannte Hütte sah, hielt sie kurz inne, bevor sie wieder loslief, und da sie diese Wälder besser kannte als er, folgte er ihr.

Kurz vor der Stadt trafen sie auf Boris, der auf einem Schneemobil mit dem Gewehr in der Hand am Stadtrand patrouillierte.

Er warf einen Blick auf sie und sagte: »Oh, verdammt. Was ist passiert?«

Da sie beide in ihrer Katzengestalt waren, klang ihre Antwort wie: »Fauch. Miau.«

Boris grunzte. »Keine Ahnung, was ihr mir sagen wollt. Verpassen wir euch beiden mal lieber eine Hose und bringen euch zu Reids Büro. Du kannst dir ein paar Sachen von Jan ausleihen«, bot er an.

Aber daraufhin schüttelte Rilee den Kopf und stellte sich näher zu Mateo, woraufhin Boris beide Augenbrauen hochzog.

»Oh, wenn das so ist, findet selbst eine Lösung, aber beeilt euch. Ihr habt wahrscheinlich eine halbe Stunde Zeit, aber länger dürft ihr nicht brauchen, sonst könnten die Dinge ziemlich schnell problematisch werden.«

Eine ziemlich geheimnisvolle Erklärung. Mateo führte sie die vor Kurzem mit dem Schneepflug geräumte Straße hinunter in Richtung Motel, wo er sich verwandeln und einen Moment lang nackt vor der Tür stehen musste, um sie zu öffnen. Er sperrte nie ab. Was gab es auch zu stehlen?

Sie trat ein und verwandelte sich, hielt aber den Kopf gesenkt, als würde sie sich plötzlich schämen. Allerdings konnte er nicht zulassen, dass sie sich wieder von ihm distanzierte, nicht jetzt, nach all den Fortschritten, die sie gemacht hatten. Er machte die Tür hinter ihnen zu.

»Wie wäre es mit einer heißen Dusche?«

»Das hört sich wirklich himmlisch an.« Sie strahlte ihn an.

»Ich muss dich einfach fragen, aber als du noch in der Hütte gewohnt hast, wie hast du da gebadet?«

»Im Sommer kann ich in einem nahe gelegenen See baden. Aber im Winter schmelze ich den Schnee in einer Wanne und wasche mich meistens nur mit einem Schwamm. Außer ich komme in die Stadt. Dann dusche ich in der Wohnung von Jan und Boris.«

Er drehte die Hähne auf und machte dann einen Schritt zurück, während er darauf wartete, dass das Wasser sich erwärmte. Dann gab er der Versuchung nach und fasste ihr an den Hintern. Sie sah ihn über ihre Schulter hinweg an.

»Prüfst du, ob er reif ist?«

»Er ist einfach zu perfekt, um ihm widerstehen zu können.«

»Lügner.«

»Was soll das denn heißen?«

»Ich bin mir durchaus bewusst, dass ich einen dicken Hintern habe.«

»Meiner Meinung nach ist dein Hintern perfekt.«

»Nein, er ist zu breit.«

»Einfach perfekt.« Er drückte ihn erneut. »Wenn du wüsstest, wie oft ich mir vorgestellt habe, dass du dich vornüberbeugst und diesen perfekten Hintern hoch in die Luft reckst, würdest du mir nicht widersprechen.«

Sie widersprach nicht und der Duft ihrer Erregung erfüllte den kleinen Raum. Sie senkte die Augenlider auf Halbmast und leckte sich über die Lippen. Sie war also nicht immun gegen Komplimente. Gut zu wissen.

Als das Wasser, wenn nicht heiß, so doch zumindest einigermaßen warm war, trat er in die Dusche und streckte seine Hand einladend aus.

»Das ist doch viel zu eng.«

»Komm jetzt sofort hier rein, Bella.«

Sie gesellte sich zu ihm in die enge Kabine, das Wasser prasselte auf sie ein und versuchte, einen Weg zwischen ihren eng zusammengepressten Körpern zu finden.

Die Seife hing an einem Seil und er schäumte seine Hände ein, bevor er mit ihnen über ihren üppigen Körper fuhr. Großer Hintern, so ein Blödsinn. Sie mochte klein sein, aber sie hatte eine Sanduhrfigur und war ausgesprochen weiblich. Seine Frau.

Sie hatte es vielleicht noch nicht laut gesagt, aber allein die Tatsache, dass sie mit ihm in dieser Dusche stand, war alles an Bestätigung, was er brauchte.

Das Gefühl ihrer seidig-glatten Haut erregte ihn. Er bekam eine Erektion. Er drehte sie so, dass sie mit dem Rücken zu ihm stand, fuhr mit seinen Seifenhänden über ihre Brüste und rollte ihre Brustwarzen, bis sie sich zu festen Spitzen zusammenzogen. Er zupfte an ihnen und entlockte ihr ein Stöhnen. Sie lehnte sich mit dem Kopf nach hinten an ihn, die Augen geschlossen, die Lippen geöffnet.

Aber das Erotischste von allem? Dass sie ihm vertraute.

Er schob eine Hand zwischen ihre Schenkel, um ihre glatten Falten zu streicheln, und stellte fest, dass sie bereits feucht war. Er ließ sich auf die Knie fallen, das Gesicht auf Höhe ihrer Schamhaare. Ein Blick nach oben zeigte ihm, dass sie auf ihn herabschaute, die Augen voller Verlangen. Erregung schoss durch ihn hindurch.

»Du bist so verdammt schön, Bella.«

»Beweise es mir«, murmelte sie rau.

Das reichte schon, dass er beinahe auf der Stelle gekommen wäre. Er spreizte ihre Schenkel und hob einen an, sodass er über seiner Schulter hing, was ihm besseren Zugang verschaffte, und vergrub sein Gesicht zwischen ihren Beinen. Sofort wurde er von ihrem weiblichen Duft umhüllt. Dekadent und verführerisch.

Er teilte ihre Schamlippen mit seiner Zunge und schmeckte ihre Süße. Er leckte sie mit schnellen Zungenschlägen, die ihre Hüften zum Zucken brachten, aber es war die Berührung seiner Lippen an ihrer Klitoris, die sie zum Schreien brachte.

Sie hielt seinen Kopf fest gepackt, die Finger gruben sich in seine Kopfhaut. Ein fast schmerzhafter Griff, der seine Erregung nur noch steigerte.

Er griff nach ihrem Hintern, um sie festzuhalten, während sie bei jedem Lecken und Saugen erzitterte. Als ihre Schreie in atemloses Wimmern übergingen, wusste er, dass sie kurz davor war, zum Orgasmus zu kommen, und er knurrte an ihrer Muschi, eine sanfte Vibration, die ihr einen Schauer durch den ganzen Körper jagte.

Sie gehört mir. Ganz allein mir.

Daran hatte er keinen Zweifel. Er leckte sie schneller, wollte, dass sie auf seiner Zunge kam, aber sie keuchte: »Ich will dich in mir spüren.«

Der Schock brachte ihn fast um. Er wäre damit zufrieden gewesen, sie zu beglücken. Er war bereit zu warten, wenn es nötig war.

Sie zerrte an ihm, zog ihn aufrecht, packte seine Wangen und zog ihn an sich, um ihn zu küssen.

»Bist du dir sicher?«, murmelte er an ihren Lippen und sein Schwanz, der fest zwischen ihren Körpern eingeklemmt war, fing an zu pochen.

»Ich bin es leid, mich zu verstecken. Ich bin es leid, nicht zu leben.« Sie sah ihn durch ihre feuchten Wimpern hindurch an. »Ich will dich.«

Sie stellte keine weitere Forderung. Machte keine

Versprechungen, aber für ihn war es genug. Die Dusche war eng, aber er drehte sie um. Sie legte ihre Handflächen an die Wand der Dusche, sodass ihr Hintern aufragte.

Er ließ sich Zeit, ließ seine Hand zwischen ihre Beine gleiten, liebkoste ihre Klitoris, bis sie sich gegen ihn drängte und murmelte: »Hör auf, mich zu necken.«

Er rieb seine Eichel an ihr, schob sie langsam hinein, ihre enge Muschi machte ihn ganz verrückt. Aber er war vorsichtig, weil sein Schwanz ziemlich groß war.

Aber sie hatte es satt, vorsichtig zu sein. Sie beugte sich weiter vor und schob sich ihm entgegen, trieb ihn tief in sich hinein. Sie schrien beide auf und erstarrten. Er vergrub seine Finger in ihre Hüften. Sie war angespannt, ihr Geschlecht das Einzige, was pulsierte.

»Verdammt, verdammt, verdammt.« Das war sein Mantra, als er sich langsam zurückzog und dann wieder in sie hineinstieß. Das Lustgefühl war fast zu viel. Er verkrampfte sich, fest entschlossen, nicht zu kommen, bis er spürte, dass sie zum Höhepunkt gekommen war.

Bald war Langsamkeit keine Option mehr. Er ertappte sich dabei, wie er in sie stieß, immer und immer wieder, jeder Stoß entlockte ihr einen spitzen Schrei und dann ein gekeuchtes: »Ja, ja, ja.«

Er würde nicht mehr lange durchhalten können, und dann musste er es zum Glück auch nicht mehr. Mit einem erstickten Stöhnen erbebte sie um seinen Schwanz, ihre geschmeidigen Muskeln drückten ihn fest, als wären sie eins. Und dann kam er auch zum Orgasmus und markierte sie mit seinem Samen. Er stieß ein letztes Mal tief in sie hinein. Ihre Körper pulsierten im Takt.

Nachdem er aus ihr herausgeglitten war, drehte er sich um und zog sie in seine Arme, drückte sie an sich und spürte, wie ihr Atem langsamer wurde und sie sich an seine Brust schmiegte.

»Das war wirklich …« Sie machte eine Pause.

»Unglaublich?«, bot er an.

»Wird es immer so sein?«, fragte sie und sah ihn an.

»Um ehrlich zu sein, glaube ich, dass es mit der Zeit sogar noch besser wird.«

Er sonnte sich in ihrem Lächeln. Einem Lächeln, das trotz allem nicht wankte, als sie sich anzogen. Sie hatte nichts Sauberes, also musste sie sich etwas von ihm leihen, die lange Unterhose saß bei ihm eng, aber bei ihr locker. Der Pullover, den er ihr gab, reichte ihr fast bis zu den Knien. Sie sah verdammt sexy darin aus.

»Vergessen wir das Treffen mit Reid. Bleiben wir einfach den ganzen Tag über hier.«

»Wir müssen ihm erzählen, was vorgefallen ist«, erklärte sie, allerdings lächelte sie dabei selbstzufrieden.

»Ich weiß. Aber wenn wir fertig sind, ziehe ich dich wieder aus und huldige jedem Zentimeter deines Körpers.«

»Ich bin dabei.« Sie errötete und senkte den Kopf.

Die dreißig Minuten, die Boris ihnen gegeben

hatte, waren fast vorbei, es war also an der Zeit aufzubrechen. Sie zogen ihre Schneesachen an und wollten gerade losgehen, als sie feststellten, dass vor der Wohnung ein Jeep stand, die Schlüssel im Zündschloss.

Sie setzte sich neben ihn und klammerte sich am Haltegriff fest, als er ein paar Runden im Schnee drehte, und ihr Gelächter war Musik in seinen Ohren. Und es gefiel ihm sehr viel mehr, als das allzu bekannte Kreischen, das ihn erwartete, kaum hatte er einen Fuß in Reids Büro gesetzt.

»Bambino mio! Ich habe mir solche Sorgen gemacht.«

KAPITEL 12

»Mein Schatz. Du lebst!«
Für Rilee gab es keinen Zweifel daran, dass dies Mateos Mutter war.

Ein normaler Mensch wäre bleich geworden, vielleicht weggelaufen, aber nicht Mateo. Er lächelte. »Mama! Was machst du denn hier?« Er wedelte mit dem Finger, als wäre sie unartig gewesen.

Und die gestandene Frau kicherte.

Welches Bild sie auch immer in ihrem Kopf erschaffen haben mochte, es stimmte nicht mit der Realität überein. Mama, wie Mateo Mrs. Ricci nannte, sah nicht alt genug aus, um einen Sohn in seinem Alter zu haben. Sicher, sie hatte ein paar graue Strähnen in ihrem dunklen Haar, aber diese verliehen ihr eine Eleganz und Reife, die durch eine üppige Figur in einem Strickpullover, der ihre Kurven umschmeichelte, noch verstärkt wurde.

Auf einem Stuhl neben ihr lagen ein nagelneuer Parka, auffallend rot in der Farbe, eine Strickmütze mit passenden Fäustlingen und ein Schal. Offensichtlich eine Familie, die Wolle mochte, denn sie konnte nicht umhin zu bemerken, wie viele Pullover in seine Kommode im Motel gestopft waren.

Mateo umarmte seine Mutter. Er packte sie richtiggehend und hob sie hoch, um sie zu umarmen und zu drücken. »Ich kann es nicht fassen, dass du hier bist.«

»Ich musste herkommen. Als du nicht angerufen hast, habe ich angefangen, mir Sorgen zu machen.«

Er runzelte die Stirn. »Das erklärt aber längst noch nicht, wie du so schnell hierherkommen konntest. Besonders weil der Sturm erst vor ein paar Stunden aufgehört hat.«

»Weil sie jemanden bestochen hat, um die gefährliche Fahrt auf sich zu nehmen«, murmelte Reid.

Das zog einen schnippischen Blick nach sich, der das komplette Gegenteil ihres Ausdrucks im Umgang mit Mateo war. Rilee fand es faszinierend, das zu beobachten. Es war, als wurde Mrs. Ricci eine ganz neue Person. »Vielleicht hätte ich keine extremen Maßnahmen ergreifen müssen, wenn du meinen Anruf ernst genommen hättest. Ich habe dir doch gesagt, dass mein Sohn in Schwierigkeiten steckt.«

»Und genau, wie ich dir versichert habe, ging es ihm gut. Er hat nur eine, äh, Freundin besucht«, stammelte Reid. Dann zuckte er die Achseln und blickte Rilee entschuldigend an.

»Tatsächlich hat er mir das Leben gerettet«, stellte Rilee fest.

Daraufhin klappten ein paar Kinnladen herunter.

»Was ist denn passiert?«, fragte Reid hastig.

Boris richtete sich auf. »Gab es Schwierigkeiten?«

Sie hätte es ihnen erzählt, aber Mateo mischte sich gewandt ein. »Rilees Hütte ist während des Schneesturms abgebrannt und wir mussten uns im Schlitten verstecken.«

»Oh, verdammt. Das tut mir leid, Rilee.« Reid wirkte betroffen und klang voller Mitgefühl.

»Das waren nur materielle Sachen«, murmelte sie.

»Falls du irgendetwas brauchst, kannst du jederzeit zu mir oder Jan kommen«, erklärte Boris.

»Ich erzähle dir alles, sobald ich meine Mutter untergebracht habe«, erwiderte Mateo, anstatt zu erklären, wie die Hütte Feuer gefangen hatte. Anscheinend wollte er nicht, dass seine Mutter die Details mitbekam.

»So lieb von dir, mein Junge, an mich zu denken. Aber das ist nicht nötig. Mir wurde ein wunderschönes Haus zur Verfügung gestellt, dessen Küche zwar alles andere als adäquat ist, aber ich werde mir schon zu helfen wissen.« Was für eine Märtyrerin war Mrs. Ricci doch.

»Wann bist du angekommen?«, wollte Mateo wissen.

»Nur Minuten, nachdem du zu deiner Rettungsmission aufgebrochen warst. Du bist immer ein solcher Held«, erklärte Mrs. Ricci voller Stolz.

»Du hättest dir die Mühe nicht zu machen brauchen. Es geht mir gut«, entgegnete Mateo.

»Tja, jetzt geht es dir gut, aber zum damaligen

Zeitpunkt hättest du genauso gut tot im Rinnstein liegen können.«

»Hier gibt es keinen Rinnstein, Mama.«

»Vielleicht nicht, aber dafür lauern andere Gefahren.« Sie warf schnell einen Blick auf Rilee. »Wie zum Beispiel Unterernährung. Ich habe bei unserem letzten Videoanruf bemerkt, dass du ein bisschen dünn aussahst. Ich kann nicht zulassen, dass mein Junge hungert. Ich habe ein paar Kleinigkeiten mitgebracht.«

»Ein paar Kleinigkeiten? Du hast sogar eine ganze Spüle mitgebracht«, murmelte Boris.

Er machte doch sicher Witze?

»Du kannst ja schließlich nicht von mir erwarten, dass ich einen richtigen Topf für Pasta mit einem normalen Wasserhahn auffülle«, erklärte Mateos Mutter voller Verachtung.

Obwohl Mateo seine Mutter anscheinend über alles liebte, gab es doch Dinge, die zu weit gingen. »Ich bin nicht dünner geworden. Wie auch? Ich bin erst seit einer Woche hier.«

»Die längste Woche meines ganzen Lebens«, sagte sie übertrieben und Rilee musste sich auf die Lippe beißen.

Es war wirklich ausgesprochen amüsant zu beobachten. Und sie war auch ein bisschen eifersüchtig. Sie war noch nie so sehr von jemandem geliebt worden.

»Erinnerst du dich an unser Gespräch darüber, dass du meine Privatsphäre respektieren sollst?«

»Bla, bla, irgendetwas darüber, dass ich dich nicht stören soll, während du arbeitest.« Sie schlug die Hände zusammen und ihr unschuldiger Ausdruck enthielt einen Hauch von Verschlagenheit. »Dabei hast du mir gegenüber doch noch betont, dass ein Umzug nach Kodiak Point nichts mit der Arbeit zu tun hat. Du hast deine Mutter doch sicher nicht angelogen, oder?« Sie klimperte tatsächlich mit den Wimpern.

»Tu das nicht.«

»Was? Mich fragen, ob mein süßes Bambino, das Wichtigste auf der Welt, seiner eigenen Mutter vertraut, nachdem sie siebenunddreißig Stunden Wehen wegen seines riesigen Kopfes durchgemacht hat?«

»Du weißt doch genau, dass ich dir vertraue«, sagte er.

»Aber du liebst mich nicht mehr.« Sie schniefte.

»Jetzt machst du dich aber lächerlich, Mama.«

»Und warum willst du dann nicht, dass ich dich besuche?« Das hatte sie geschickt eingefädelt. Sie hatte ihn in die Enge getrieben und er wusste es.

Mateo stöhnte. »Du weißt doch genau, dass ich dir nicht sagen darf, wenn ich auf einer geheimen Mission bin.«

Bei dieser Bemerkung spürte sie ein wenig Panik in sich aufsteigen. Moment mal? Hatte Mateo etwa darüber gelogen, wer er war?

Sie wich einen Schritt vor ihm zurück.

Trotz des Dramas, das seine Mutter veranstaltete, bemerkte er es. »Ich bin wegen der Arbeit hier, aber es hat nichts mit dir zu tun, Bella. Das schwöre ich dir.«

»Und warum bist du dann hier?«, wollte sie wissen.

»Wegen dieser Wilderer.« Die, von denen er erzählen wollte.

Es gefiel seiner Mutter nicht, dass sie seine Aufmerksamkeit verloren hatte, also rief sie aufgebracht aus: »Wusste ich doch gleich, dass du dich in Gefahr befindest! Ich habe diesen Typen gesagt«, sie warf einen wütenden Blick auf Reid und die anderen, »dass du in Schwierigkeiten steckst. Aber haben sie auf mich gehört? Nein, sie haben keinen Suchtrupp losgeschickt, um meinen kleinen Schatz zu finden.«

»Du hast den Schneesturm doch selbst gesehen! Wir mussten erst warten, bis er sich gelegt hat«, rief Reid aus.

»Mein Bambino hätte sterben können, während ihr in aller Sicherheit in euren Höhlen abgewartet habt«, erklärte Mrs. Ricci schniefend.

»Mama, langsam drehst du durch. Ich bin doch nicht gestorben.«

»Du hättest aber sterben können. Und wer wäre daran schuld gewesen?« Der angsteinflößende Blick landete schließlich auf Rilee und blieb dort hängen. Mrs. Ricci schürzte die Lippen. »Wir wurden einander noch nicht vorgestellt. Ich bin Tanya Ricci. Und wer bist du?«

»Rilee.« Sie nannte keinen Nachnamen, weil sie in diesem Käfig beschlossen hatte, dass sie nur sich selbst gehörte. Keine Familie. Kein Name. Nur sie selbst.

»Und warum trägst du den Pulli, den ich für meinen Sohn gestrickt habe?«, fragte Mrs. Ricci spitz.

»Weil sie all ihre Kleidung verloren hat, als ihre Hütte abgebrannt ist.«

»Wie ausgesprochen praktisch«, sagte Mrs. Ricci verächtlich.

»Ja, denn ich wollte unbedingt alle meine Sachen verlieren und übergroße, kratzige Fetzen tragen müssen.« Der Pullover war nicht wirklich rau, aber sie genoss den verkniffenen Ausdruck.

»Sei nett, Mama.« Mateo legte Rilee eine Hand auf den Rücken, um sie zu unterstützen. Vielleicht konnte sie das gebrauchen. Wenn Mama Tiger andere angriff, konnte das ziemlich hässlich werden.

Mrs. Ricci sah sie interessiert an. »Du bist in einem Sturm aufgebrochen, um diesem Mädchen zu helfen?«

»Ja.«

Mehr sagte er nicht. Sie konnte sehen, dass seine Mutter unbedingt nachfragen wollte, sich aber zurückhielt.

Das war der Moment, in dem Reid sie schließlich unterbrach. »Vielleicht möchtet ihr dieses Treffen woanders fortsetzen, während ich mit Rilee über das Feuer spreche.«

»Da sollte ich auf jeden Fall dabei sein. Mama und ich können uns später unterhalten«, erklärte Mateo, und eine Sekunde lang befürchtete sie, dass Mrs. Ricci protestieren würde.

Stattdessen reckte sie das Kinn vor. »Da man mich hier offensichtlich nicht will, werde ich gehen.«

»Sei doch nicht so, Mama. Ich muss mich nur mit dem Alpha unterhalten und dann komme ich zu dir. Wie sonst soll ich frische Plätzchen bekommen?«

Seine Mutter seufzte. »Du und deine Plätzchen. Glaub ja nicht, dass ich jetzt für dich auch noch das Backen anfange.«

»Aber ich dachte, du hättest gesagt, ich sei so dünn geworden.« Mateo benutzte ihre eigenen Worte gegen sie.

»Plätzchen sind schlecht für dich«, erklärte Rilee. »Davon wird man fett. Wie wäre es, wenn ich dir später einen Salat mache?« Sie sagte das absichtlich und Mrs. Ricci fiel darauf rein.

»Salat? Das ist für Pflanzenfresser.« Es lag Verachtung in ihrer Stimme, als sie das sagte. »Ich werde einen Braten machen.«

»Mit Klößen?«, fragte er sie. »Die brauche ich dringend.«

Er sagte nicht, dass er sie haben *wollte*, sondern dass er sie *brauchte*, und seine Mutter nickte. »Mit Pudding als Nachtisch. Ich mache mich gleich an die Arbeit.«

»Möchtest du, dass dich jemand nach Hause begleitet?«, fragte er.

Seine Mutter erwiderte spitz: »Willst du etwa behaupten, diese Stadt wäre nicht sicher? Das hätte ich wissen sollen. Bären sind im Winter echte Faulpelze.«

Reid blieb der Mund offen stehen.

Bevor er darauf reagieren musste, erwiderte Rilee: »Tatsächlich ist es in der Stadt ausgesprochen sicher. Anscheinend ist Ihr Sohn eher besorgt, dass jemand in Ihrem Alter es als Herausforderung empfinden könnte, alleine auf den vereisten Straßen zurechtzukommen.« Sie lächelte übertrieben freundlich.

Mrs. Ricci verengte die Augen zu Schlitzen. »Ich stehe mitten im Leben.«

»Ich hoffe, Sie haben nicht nur Ihre Spüle, sondern auch Ihre Vitamine mitgebracht. Starke Knochen sind wichtig, wenn man älter wird.«

Plötzlich mussten sich alle räuspern und husten und in Mrs. Ricci leuchtete etwas auf, das nicht gut, sondern eher Interesse war. Und eine Herausforderung. »Ich habe alles mitgebracht, was ich benötigen könnte, darunter auch die Zutaten für das Lieblingsessen meines Bambinos. Er liebt es, wenn ich für ihn koche.«

Es war böse, ganz falsch und böse, doch sie konnte sich nicht beherrschen und sagte: »Und Sie haben wirklich ganze Arbeit bei ihm geleistet. Ich kann es kaum erwarten, dass er wieder für mich kocht …« Sie schloss die Augen und stöhnte.

»Er hat für dich gekocht.« Sie sagte es mit leiser Stimme.

Reid hustete. »Äh, also, ich muss dringend mit Boris etwas überprüfen.«

»Ja. Und zwar ziemlich dringend.« Die beiden gingen.

Aber es schien Mrs. Ricci nichts auszumachen, dass sie den Alpha praktisch aus seinem eigenen Büro geworfen hatte. Sie sah Mateo wütend an. »Möchtest du mir vielleicht etwas sagen?«

»Eigentlich nicht.«

»Möchtest du mir vielleicht erklären, warum sie deine Kleider anhat und nach dir riecht?«

Unter Gestaltwandlern war der Geruch nichts, das man kontrollieren konnte. Rilee tat ihr Bestes mit dem von ihr hergestellten Parfüm, das sie nach Kiefernreiniger riechen ließ, aber sie hatte dieses Parfüm verloren. Und sie hatten gerade erst zusammen geduscht. Verdammt, sie hoffte, dass ihre Pläne für später in der Nacht noch in Erfüllung gingen. Er hatte es versprochen.

Rilee hob ihr Kinn und sagte: »Wir sind zusammen.« In dem Moment, in dem die Worte ihren Mund verlassen hatten, bereute sie sie. Seine Mutter schien sie bereits zu hassen. Das passte zu den Geschichten, die er ihr erzählt hatte, dass sie jeden hasste, mit dem er zusammen war. Ihm zufolge fand sie immer Dinge, an denen sie herummäkeln konnte. Gründe, warum die Frauen nicht gut genug für ihren Sohn waren.

Als Mrs. Ricci sie so abschätzend ansah, befürchtete sie das Schlimmste. »Ihr seid zusammen? Soll das heißen, ihr seid ein Paar?«

Sie nickte und hoffte, dass Mateo ihr diese kleine Lüge verzeihen würde. Allerdings hatte er auch verkündet, dass sie Gefährten fürs Leben seien.

Mrs. Ricci blickte zu Mateo, damit er es bestätigte.

»Sie ist mir sehr wichtig, Mama.« Er hatte es

tatsächlich gesagt und in ihr breitete sich eine Wärme aus, die dafür sorgte, dass sie ihn anlächelte.

Er zwinkerte ihr zu.

Mrs. Riccis Blick wanderte zwischen den beiden hin und her, und als sie den Mund aufmachte, bereitete Rilee sich auf das Schlimmste vor.

»Du bist viel zu dünn. Ich werde dich füttern müssen. Um fünf gibt es Abendessen.«

Und dann marschierte Mrs. Ricci davon.

Rilee starrte ihr einen Moment lang nach, bevor sie murmelte: »Was ist da gerade passiert?«

»Ich weiß es nicht. Sie hat noch nie angeboten, für eine meiner Freundinnen zu kochen.« Sein verwunderter Ausdruck half ihr auch nicht.

»Glaubst du, dass sie versuchen wird, mich zu vergiften?«, fragte sie zweifelnd.

»Ich hoffe es nicht.« Das war nicht das Beruhigendste, was er hätte sagen können.

Reid und Boris kamen genau in diesem Moment zurück und verbrachten ein paar Minuten damit, Mateo mit seiner Mutter aufzuziehen. Er ertrug es mit Humor und war nicht im Geringsten nachtragend, obwohl er zu sehr am Rockzipfel seiner Mutter hing.

Ein Teil von ihr fragte sich, ob sie sich genauso gutmütig verhalten würde, wenn jemand versuchen würde, sie in derart viel Zuneigung zu ersticken.

Nachdem das Scherzen aufgehört hatte, berichteten sie, was passiert war, hauptsächlich die Tatsache, dass sie ihrem schlimmsten Feind die Tür geöffnet hatte. Dem Mann, vor dem sie nach Kodiak Point geflohen war.

Obwohl er ihre Angreifer getötet hatte, hatte Mateo einige Bedenken. »Mich interessiert, woher er wusste, dass Rilee hier ist. Ich bezweifle nämlich stark, dass sie Fotos gemacht und sie in den sozialen Medien gepostet hat.«

Sie schüttelte den Kopf. »Ich habe nicht mal eine Kamera. Und wie Shayne es herausgefunden haben könnte? Ich hatte nie die Möglichkeit, ihn zu fragen. Kaum habe ich ihm die Tür aufgemacht, hat er mich mit einer Betäubungspistole beschossen.«

Reid knurrte: »Dieses verdammte Arschloch.«

Wohingegen Boris aufgebracht erklärte: »Du hast die Tür aufgemacht, ohne vorher nachzusehen, wer davorsteht?«

Sie zuckte mit den Achseln und senkte den Blick, während ihre Wangen sich röteten. Sie murmelte: »Ich dachte, es sei Mateo.«

Er griff nach ihrer Hand und drückte sie. »Und daran bin ich schuld. In dem Sturm habe ich deine Hütte verfehlt.«

»Unglaublich, dass er es gewagt hat, sie bis hierher zu verfolgen. Und du bist dir ganz sicher, dass sie alle tot sind?«, fragte Reid ohne Umschweife.

Er nickte. »Drei Männer. Zwei Schneemobile.«

»Nur drei Männer?«, wiederholte Boris. »Bist du sicher?«

»Ja, warum?«

Boris zog sein Handy raus und scrollte, bevor er ihm eine Nachricht vor die Nase hielt. »Gene hat gestern ihr Lager beobachtet. Und er hat gesagt, am Morgen seien zwei Schneemobile mit vier Typen darauf in Richtung Westen gefahren.«

Niemand sprach es aus, und das mussten sie auch gar nicht. Das Blut gefror ihr in den Adern, als ihr klar wurde, dass Shayne vielleicht doch nicht tot war.

KAPITEL 13

Die Angst in Rilees Augen traf Mateo wie ein Messer in den Bauch.

Er hatte sie im Stich gelassen. Ja, er hatte seine Bella vor den Entführern gerettet. Er hatte diese getötet, damit sie sie nie wieder bedrohen konnten, aber er hatte vielleicht versäumt, den Mann zu eliminieren, der ihr Albträume bescherte. Derjenige, der es am meisten verdient hatte zu leiden.

Nicht dass sie eine Bemerkung zu seinem Versagen gemacht hätte. Sie sagte überhaupt nicht viel während des restlichen Treffens, selbst nachdem es sich von Reids Büro in den größeren Besprechungsraum ausgebreitet hatte. Weitere Bewohner kamen hinzu, männliche und weibliche. Sogar ein Baby, das Reid an seiner Schulter wiegte und das schlief.

Es herrschte große Besorgnis darüber, dass die verbliebenen Wilderer im Jagdcamp Vergeltung üben könnten. Noch mehr Besorgnis allerdings darüber, dass ihr Geheimnis vielleicht nicht mehr ganz so geheim war.

»Wir wussten doch alle, dass dieser Tag früher oder später kommen würde, seit Parker mit den Medien gesprochen hat«, erklärte Reid laut, woraufhin die Diskussionen im Raum verstummten. »Durch die sozialen Medien und die Tatsache, dass alle vor ihrem Handy hängen, war es nur eine Frage der Zeit. Jetzt sollten wir uns eher damit beschäftigen, wie wir damit umgehen sollen.«

»Ich sage, bringen wir sie alle um, werfen ihre Leichen in den Schnee und tun so, als wären sie nur ein paar Idioten gewesen, die dachten, sie könnten hier in den hohen Norden kommen und sich dumm aufführen.« Genau wie bei Gene gab es auch für Boris in Situationen wie diesen nur eine Lösung.

»Und was machen wir mit der nächsten Gruppe?«, fragte Jan. »Wir können ja schlecht jeden töten, der weiß, was wir sind.«

»Wenn wir genug davon beseitigen, werden sie es sich zweimal überlegen, bevor sie uns belästigen«, erklärte Boris.

»Das ist meine Schuld. Schließlich haben sie nach mir gesucht.« Rilee ließ die Schultern sinken.

Reid fuhr sie an: »Wage es ja nicht, die Schuld dafür auf dich zu nehmen. Falls überhaupt jemand daran schuld ist, dann ich. Ganz offensichtlich gibt irgendwer Informationen über uns heraus.« Es gab einen Verräter in ihrer Mitte, der sie alle in Gefahr brachte.

Auf dem Weg zurück ins Motel hatte Rilee die

Arme um sich geschlungen. Mehr als einmal hatte sie sich gesagt, sie solle wahrscheinlich besser woanders schlafen.

Seine Antwort darauf? »Kommt gar nicht infrage. Du gehörst zu mir.« Er wollte den Abend damit verbringen, sie zu beruhigen. Mit diesem Gedanken im Hinterkopf schickte er seiner Mutter eine SMS, dass sie es nicht zum Abendessen schaffen würden.

Es kam keine Antwort.

Seine Mutter machte das nur, wenn sie wütend war. Sie würde sich gedulden müssen. Rilee brauchte ihn.

Er öffnete die Tür zu seinem Motelzimmer. Eine Reinigungskraft musste vorbeigekommen sein. Das Bett war frisch gemacht. Der Teppich gesaugt. Sein Zeug ... weg?

Er konnte keines der Pakete sehen, die seine Mutter geschickt hatte. Oder die Kleidung, die er auf einem Stuhl drapiert hatte. Die Schubladen und der Kleiderschrank waren leer. Seine Toilettenartikel waren verschwunden.

»Verdammt noch mal, haben sie etwa gedacht, ich hätte ausgecheckt?«, knurrte er.

»Äh, Mateo. Hier liegt ein Zettel.«

Es war eine Nachricht seiner Mutter auf Italienisch. Anscheinend hatte sie vermutet, dass er eine Ausrede erfinden würde, um mit Rilee zusammen zu sein.

Er las sie auf Englisch vor. »Ich habe deine Sachen in das Haus geschafft, das mir für die Dauer meines Aufenthalts zur Verfügung gestellt wurde. Kommt dorthin. Ich habe genug zu essen.«

»Dann solltest du wohl besser gehen«, bemerkte sie, die Arme noch immer um den eigenen Körper geschlungen, und sie sah ausgesprochen zerbrechlich in seinem viel zu großen Pulli aus.

»Als würde ich dich alleine lassen«, schnaubte er. »Außerdem erwartet sie dich.«

»Das bezweifle ich stark.«

Und dann übersetzte er ihr den schockierenden zweiten Teil der Nachricht. »Bring das Mädchen mit.«

Sie zog eine Augenbraue hoch. »Weil das so wahnsinnig einladend klingt.«

»Mehr als du denkst, Bella. Sollen wir aufbrechen?«

Die Fahrt zu dem Bungalow, den seine Mutter aufgetrieben hatte, dauerte nur ein paar Minuten. In dem Ort wurde dicht an dicht gebaut, was den Weg zwischen Geschäften und Häusern einfach machte. Das Haus war quadratisch und einstöckig. Der Schornstein lief an der Seite hinauf und Rauch quoll daraus hervor. Die Vorhänge waren zugezogen, aber durch die Ränder drang Licht. Die rote Verkleidung war von der Sonne und den Elementen verblasst, und an der Eingangstür gab es keine Klingel.

Rilee stockte, als er nahe genug herantrat, um anzuklopfen. Sie biss sich in offensichtlicher Nervosität auf ihre Unterlippe.

»Warum siehst du so besorgt aus?«

»Weil sie deine Mutter ist.«

»Das ist sie. Aber mach dir keine Sorgen, ich bin mir sicher, dass alles in Ordnung ist.«

Sie schien nicht davon überzeugt zu sein. »Du bist wirklich ziemlich naiv, wenn du das glaubst. Wir haben miteinander geschlafen. Ich bin mir ziemlich sicher, dass mich das zum Staatsfeind Nummer eins macht.«

»Wahrscheinlich.« Er würde sie nicht anlügen. Außerdem erinnerte er sie daran: »Vorhin bist du doch ziemlich gut mit ihr zurechtgekommen.«

»Was ich jetzt bereue«, murmelte sie.

Er griff nach ihren Händen. Sie trug ein Paar Fäustlinge, die er nie getragen hatte, aber seine Mutter hatte darauf bestanden, dass er sie einpackte. Sie trug auch die passende Mütze und den Schal und sah wunderschön aus.

Er wollte etwas Beruhigendes sagen, stattdessen gab er ihr einen sanften Kuss.

»Soll mich das etwa beruhigen?«

»Soll ich es noch mal versuchen?«, neckte er sie. »Wenn du nämlich lieber noch mehr Küsse hättest, können wir auch gleich zurück ins Motel fahren.«

»Und was ist mit deiner Mutter?«

»Sie kann warten, wenn du noch nicht bereit bist.«

»Sie wäre so wütend auf dich, wenn wir das machen.«

Er zuckte mit den Achseln. »Es geht aber jetzt nicht um sie, sondern um dich. Was willst du?« Denn das war das Wichtigste. Mama würde verstehen müssen, dass Rilee einiges durchgemacht hatte und deswegen den meisten Menschen gegenüber Vorbehalte hatte. Das erforderte einen besonderen Umgang mit ihr.

»Wenn wir ihre Einladung nicht annehmen, erwischen wir sie auf dem falschen Fuß.« Sie rümpfte die Nase. »Ich muss hineingehen, nur um höflich zu sein.«

»Es wird nett werden«, sagte er und gab ihr noch einen Kuss, als die Tür aufging.

Licht und Wärme strömten auf sie ein, zusammen mit dem aromatischen Genuss dessen, was auf dem Herd kochte.

Im Eingang stand Mama und strahlte. »Da seid ihr ja. Wie unhöflich von diesem Bären, alle so aufzuhalten. Besonders nach allem, was ihr durchgemacht habt. Ihr habt sicher Hunger.«

»Nicht so viel Hunger, wie wir gehabt hätten, wenn du uns kein Mittagessen geschickt hättest. Das war übrigens ausgesprochen lecker«, erklärte er.

Mama tat so, als wäre es nichts. Es war ein Spiel, das sie spielten, allerdings ein harmloses.

»Sie haben das alles gemacht?«, fragte Rilee.

»Mama ist gut darin, für viele zu kochen.« Dann sagte er an seine Mutter gewandt: »Rilee hat von dem Kartoffelsalat zwei Portionen gegessen.«

Sie errötete und stammelte: »Der war unglaublich lecker.«

»Ich kann es sogar noch besser, allerdings wurde ich diesmal daran gehindert, weil es einfach nicht die richtigen Einkaufsmöglichkeiten gibt. Warte nur, bis ich dir einen richtig leckeren Kartoffelsalat mache.«

Bei dem Gedanken lief ihr schon das Wasser im Mund zusammen.

»Ich bin überrascht, dass du dich nicht freiwillig gemeldet hast, um mit auf die Jagd zu gehen«, erklärte Mama, während sie die Tür schloss und zum Schuhständer zeigte.

Er wusste es besser, als zu fragen, woher sie die Einzelheiten des Treffens kannte. Mama wusste immer mehr, als sie wissen sollte. Wahrscheinlich hatte sie jemanden verhört, als sie den riesigen Stapel Sandwiches, den gigantischen Kartoffelsalat, der Rilee sehr gut geschmeckt hatte, und irgendeine Art von Donut-Leckerei abgeliefert hatte. Alles wurde bis auf den letzten Krümel verspeist. Und er würde wetten, dass es inzwischen kein Geheimnis mehr in der Stadt gab, das seine Mutter nicht kannte. Als er jung war, hatte er nie etwas vor ihr verbergen können.

»Ich hielt es nicht für richtig, Rilee allein zu lassen.«

»Da hattest du recht. Und wir besprechen alles beim Abendessen. Ich will unbedingt alles erfahren.« Die Frau, die nicht seine Mutter sein konnte, ergriff mit einem freundlichen Lächeln Rilees Hände. »Was für eine Tortur du durchgemacht hast. Kein Wunder, dass du so dünn bist, *Piccina*. Ich habe einige Leckereien vorbereitet, damit du ein paar Pfunde auf die Rippen bekommst.«

»Das riecht wirklich lecker, Mama«, erklärte er und sein Magen knurrte bereits, als er in den Raum trat. Er wartete darauf, dass seine Mutter ihn begrüßte. Je nachdem, wie sie drauf war, würde sie ihn umarmen oder ihn auf den Arm schlagen.

Allerdings half Mama Rilee aus ihrem Mantel.

»Vielen Dank für die Einladung, Mrs. Ricci«, erklärte Rilee steif und hatte bereits die Arme um den Oberkörper geschlungen.

»Ach was, nenn mich einfach Mama. So wie alle anderen auch«, erklärte sie mit strahlendem Lächeln.

Mateo konnte es kaum glauben. Niemand nannte sie Mama. So nannte nur er sie.

»Alles in Ordnung bei dir?«, fragte er.

Seine Mutter strahlte noch immer. »Mir ging es noch nie besser. Allerdings dachte ich, dass ich dich besser erzogen hätte. Stehe nicht einfach so da rum, Bambino. Hänge die Mäntel auf.« Sie drückte sie ihm in die Hand und wandte sich wieder an Rilee. »Setzen wir uns an den Ofen, wo es warm ist. Möchtest du zum Abendessen ein Glas Milch trinken?« Sie nahm Rilee an der Hand und schleifte sie den engen Flur hinunter.

Rilee warf ihm einen Blick voller Panik zu.

Er wusste wirklich nicht, was er darauf antworten sollte. So etwas war noch nie zuvor passiert. Versuchte seine Mutter eine Form von umgekehrter Psychologie?

Und was bedeutete das für ihn, ihren Lieblingssohn? Offenbar hängte er Mäntel auf und saß nicht in der Nähe des Feuers oder leckte den Löffel für den Kuchenteig ab.

Das Abendessen erwies sich als ungewohnt, wobei seine Mutter den größten Teil des Gesprächs übernahm. Noch überraschender war, dass Rilee nach einer Weile antwortete. Manchmal sarkastisch, denn das war ihre Verteidigungsstrategie, aber seine Mutter schien es zu erwarten und sogar Spaß an den kleinen Wortgefechten zu haben, die sie hin- und herschickten. Erst als sie sich gegen ihn wendeten, wurde die wahre Gefahr in der Allianz der beiden deutlich.

»Er ist ein ziemlicher Sturkopf«, pflichtete Rilee seiner Mutter bei, nachdem die etwas erzählt hatte.

»Das ist er und deswegen war es auch nicht so leicht, ihm beizubringen, aufs Klo zu gehen, als er klein war. Deswegen hat er auch noch ins Bett gemacht, als er in die Schule kam«, schien seine Mutter für eine angebrachte Bemerkung zu halten.

»Das muss sie nicht unbedingt wissen«, murmelte er.

»Doch, sie muss allerdings nicht wissen, dass du Magazine mit nackten Frauen zwischen der Matratze und deinem Bettgestell versteckt hast. Ich dachte, er hätte mehr Respekt für Frauen.« Seine Mutter schniefte.

Er vergab seiner Mama, dass sie all seine Geheimnisse verriet, als er Rilees Lächeln sah. »Er ist kein schlechter Kerl. Er hat mich gerettet. Wenn es ihn nicht gäbe, wäre ich wieder in einem Käfig aufgewacht.«

»Das ist eine schreckliche Sache«, erklärte Mama. »Das tut mir leid.«

Rilee zuckte mit den Achseln. »Ich habe es überlebt.«

»Und bist dadurch stärker geworden. Was für ein Mut. Du hast dir wirklich einen Kuchen verdient.«

Mama hatte einen leckeren Kuchen mit Glasur und Pudding gemacht.

Rilee stöhnte nach jedem Bissen. »Das ist das Unglaublichste, was ich jemals gegessen habe.«

Daraufhin erwiderte er beleidigt: »Nur weil ich noch nie Gelegenheit hatte, dir meinen Pfirsichkuchen aus der Pfanne zu machen.«

Seine Mama schniefte verächtlich. »Das kann doch jeder. Hierbei geht es vielmehr darum, das Eiweiß perfekt aufzuschlagen und mit dem Zucker und der Butter zu mischen, um eine perfekte Glasur hinzubekommen.«

»Auf meinem Kuchen ist karamellisierter Zucker.«

Seine Mutter schürzte die Lippen. »Karamellisierter Zucker ist für Pekannuss-Kuchen, Erdnussbutter-Kekse und Karamellbonbons.«

»Und ich dachte schon, er eignet sich nur, um ihn auf meine Haferflocken zu streuen«, scherzte Rilee.

Mateo erschauderte. »Das sind keine echten Haferflocken. Mama, du musst mal welche für sie machen, am besten die mit Rosinen.«

»Ein perfekter Plan für morgen früh. Aber jetzt glaube ich, dass meine kleine *Piccina* ins Bett gehen muss.«

»Da stimme ich dir zu.« Er griff nach Rilees Hand, aber seine Mutter kam ihm zuvor.

»Dann wollen wir dich mal ins Bett bringen, *Piccina*.«

»Ich kümmere mich schon darum, Mama«, grummelte er.

Und daraufhin sah seine Mutter ihn böse an und sagte: »Wohl eher nicht. Als mein Gast bekommt Rilee das Gästezimmer. Du kannst auf der Couch schlafen.«

KAPITEL 14

Mama spielte Anstandsdame und Rilee hätte fast über Mateos Gesichtsausdruck gelacht. Aber andererseits sah sie wahrscheinlich genauso ungläubig aus. Sie hatte erwartet, das Abendessen im Streit mit Mrs. Ricci – nenn mich doch Mama – zu verbringen. Mehr als ein paarmal hatten sie sich einen Schlagabtausch geliefert, nur um dann gemeinsam zu lachen.

Lachen und gutes Essen zu sich nehmen. So viele Gerichte. Die Frau hörte nicht auf, bis Rilee sich zurücklehnte und stöhnte. »Ich platze gleich.«

Sie musste unbedingt schlafen. All die Speisen und die Wärme – und ja, auch ein wenig Wein – sorgten dafür, dass ihr die Augen zufielen.

Sie widersprach nicht, als Mama ihr das Doppelbett überließ. Warum ihr die Tränen in die Augen stiegen? Auf der Daunendecke lag ein Nachthemd aus weichem Flanell. Die Art, die vom Hals bis zu den Knöcheln reichte. Es war offensichtlich für sie gedacht, da es für die üppigere Mrs. Ricci zu kurz und eng war.

»Vielen Dank«, sagte sie und strich über den Stoff. Es war eine so nette Geste und mehr, als sie je zu hoffen gewagt hatte.

»Ich war mir nicht sicher, was die Größe betrifft, außer dass du auf jeden Fall zu dünn bist. Aber schließlich habe ich doch ein paar Sachen für dich gefunden.«

Ein paar Sachen? Als sie den kleinen Schrank öffnete, fand sie sich einem regelrechten Wald aus Kleidern gegenüber. In einer Tüte auf der Kommode befanden sich Toilettenartikel. Und als sie aus dem Badezimmer kam und ihr Outfit à la *Unsere kleine Farm* angezogen hatte, stellte sie fest, dass Mama ihr einen Becher mit warmer Milch mit einem Hauch Zimt auf den Nachttisch gestellt hatte.

Sie konnte nicht anders und platzte schließlich heraus: »Warum bist du so nett zu mir?«

Die Antwort war denkbar einfach: »Ich denke, es ist langsam mal an der Zeit.«

Und daraufhin begannen ihre Tränen zu fließen. Die Arme, in die sie nun geschlossen wurde, waren nicht so muskulös, spendeten aber den gleichen Trost wie die von Mateo. Sie zeigten Anteilnahme.

Aber er sah das allerdings nicht so. Er stürmte herein und bellte: »Was hast du mit meiner Bella gemacht?«

»Ich?«, schnaubte ihre Mutter. »Während du den ganzen Tag damit beschäftigt warst, zu schwätzen und zu quasseln, hast du vergessen, dich um dieses zarte Geschöpf zu kümmern. Sie ist sensibel, du riesiger Fleischklops.«

»Das weiß ich doch!«, bellte er.

»Dann hättest du dich besser um sie kümmern müssen«, rief seine Mutter.

»Das habe ich auch vor!«

»Gut.« Mrs. Ricci verließ den Raum und Rilee sah Mateo blinzelnd an.

»Mein Verstand ist wohl immer noch ein wenig von den Betäubungsmitteln getrübt, ich verstehe nämlich nicht, was hier los ist.«

Er öffnete die Arme weit. »Das nennt sich Familie, Bella.«

»Aber sie kennt mich doch kaum.«

»Na und? Manchen Leuten fühlt man sich vom ersten Moment an verbunden, so wie es bei mir und dir war.«

Sie blickte ihn an, wusste aber nicht, was sie antworten sollte. Denn die Begegnung mit ihm hatte etwas in ihr verändert. Wie sie sich fühlte. Bei dem, was sie wollte.

Er umschloss ihr Gesicht mit beiden Händen und drückte ihr einen Kuss auf die Lippen. »Du bist nicht mehr allein.«

Jetzt noch nicht, aber sie konnte sich nicht sicher sein, was morgen oder übermorgen betraf, weshalb sie ihm die Arme um den Hals warf und den keuschen Kuss intensivierte. Sie schmiegte sich an ihn, wollte, was nur er ihr geben konnte. Sie hatte Lust auf ihn.

Sie waren leise, so sehr, sehr leise, trotzdem kam

aus dem Nebenzimmer: »Nicht, bevor ihr geheiratet habt!«

Er seufzte und löste sich von ihr. »Wir hätten im Motel bleiben sollen.«

Sie hingegen grinste und sagte mutig: »Warte, bis sie eingeschlafen ist.«

»Bella«, keuchte er, gab ihr noch einen letzten Kuss und ging.

Sie lag im Bett. Hellwach und voller Erwartung.

Da die Tür einen Spalt offen stand, konnte sie hören, wie er und seine Mutter über Kleinigkeiten stritten, aber mit einer Wärme und Zuneigung, die sie tatsächlich in den Schlaf lullten. Ein Nickerchen, wie sich herausstellte, denn in dem Moment, in dem sich die Tür langsam öffnete, wachte sie auf.

»Bella?«, flüsterte er.

Anstatt zu antworten, zog sie ihn an sich. Er glitt zu ihr ins Bett, nur mit seiner Trainingshose bekleidet und sonst nichts. Ihre hungrigen Lippen trafen sich und sie küssten sich mit leidenschaftlicher Hingabe. Ihre Zungen umschlangen sich, und während sie sich küssten, rutschte ihr Kleid nach oben und entblößte sie für seine schweifenden Berührungen.

Ihre fiebrige Haut drückte gegen seine, ihre aufgestellten Brustwarzen rieben an seiner Brust. Er hörte nur auf, sie zu küssen, um mit seinen Lippen an diesen Brustwarzen zu zupfen und zu saugen, während sie sich eine Faust in den Mund steckte, um kein Geräusch zu machen.

Sie wollte ihre Lust herausschreien. Wollte kreischen und ihn anflehen, mit dem Vorspiel aufzuhören. Sie konnte nicht anders, als sich zu winden und zu bocken, als er seine Finger an ihrem Höschen vorbei an ihren feuchten Schlitz schob. Er benutzte ihre eigenen Säfte, um gegen ihre Klitoris zu reiben. Die Reibung ließ sie vor Verlangen zittern.

Schließlich keuchte sie: »Bitte.« Sie wollte ihn unbedingt in sich spüren. Jetzt sofort.

Aber er schien darauf aus zu sein, sie zu quälen. Sie stieß ihn zurück, als er leise sagte: »Stimmt etwas nicht?«

»Ja, du lässt dir viel zu lange Zeit«, beschwerte sie sich. Sie drückte ihn auf den Rücken und zerrte an seiner Hose. Er hob die Hüften, um ihr dabei zu helfen, sie ihm auszuziehen.

Und dann, denn sie wollte ja fair sein, griff sie nach seinem Schwanz und begann, ihn zu streicheln. Sie besorgte es ihm mit der Hand, bis er sich wand und schwer atmete, bis er schließlich knurrte: »Bella.«

Erst dann setzte sie sich auf ihn, wobei sie ihre Muschi über der Spitze seines Schwanzes positionierte und ihn so quälte. Sie wollte ihn noch etwas mehr reizen und führte nur die Spitze seines Schaftes ein. Das Problem dabei war aber, dass es nicht nur für ihn eine Tortur war.

Sie senkte sich auf ihn und versenkte seine gesamte Länge in ihrer Muschi, wobei sie den Kopf mit einem Keuchen in den Nacken legte und ihre Fingernägel in seine Brust grub. Derweil klammerte er sich mit seinen Fingern an ihre Hüften. Einen Moment lang hielten sie still, sein Schwanz pochte in ihr. Langsam, so unglaublich langsam, begann sie, sich zu bewegen, schaukelte hin und her, rieb sich so stark, dass ihre Klitoris etwas Druck bekam. Sie richtete sich so aus, dass er ihren Lustpunkt traf.

Es war schwer, einen Rhythmus beizubehalten, so sehr war sie von der Lust abgelenkt. Er half, indem er ihre Hüften umklammerte, sie zog und schob, um ihr die nötige Reibung zu geben. Er steigerte ihre Lust.

Kurz bevor sie kam, beugte sie sich vor, damit sie sich küssen konnten, und er dämpfte den Schrei, den sie fast ausgestoßen hätte. Er hielt sie fest, als sie bebte und zitterte, der Höhepunkt fast zu intensiv, um ihn ertragen zu können.

Sie brach auf ihm zusammen und er hielt sie fest.

Sie schliefen ein, ineinander verschlungen bis zum Morgengrauen, als das Geräusch einer sich schließenden Tür sie aufweckte.

»Verdammt. Mama ist wach.« Er gab ihr einen schnellen Kuss, bevor er sich aus dem Bett gleiten ließ. An der Tür zwinkerte er ihr zu und schlüpfte aus ihrem Zimmer.

Sie grinste wie eine Idiotin.

Sie wurde rot wie eine Tomate, als Mama fragte: »Wie war deine Nacht?«

Und er erklärte: »Ausgesprochen befriedigend.«

KAPITEL 15

Während Rilee duschte, stellte Mama Mateo zur Rede, wobei sie ihm mit dem Finger drohte. »Glaub bloß nicht, dass ich nicht wüsste, was letzte Nacht passiert ist.«

»Ich weiß gar nicht, was du meinst«, entgegnete er und spielte den Unschuldigen.

»Dieses Mädchen verdient etwas Besseres, als dass du mit ihrem Herz spielst.«

»Dieses Mädchen ist in Kürze meine Frau.«

Das waren Worte, bei denen seine Mutter normalerweise ausflippte, doch stattdessen lächelte sie. »Gut. Ich mag sie nämlich.«

Er runzelte die Stirn. »Ist das irgendeine Art von Psychotrick, weil du hoffst, dass ich mit ihr Schluss mache, wenn du sie magst?«

»Nein. Ich gebe dir meinen Segen. Sie wird eine großartige Gefährtin abgeben. Sie ist stark und wird sich nichts von dir gefallen lassen.«

»Von dir allerdings auch nicht.«

»Genau«, lautete die Antwort seiner Mutter.

Da er nicht sicher sein konnte, dass die Gefahr für Rilee vorbei war, würde er das Haus nicht verlassen, bis seine Mutter darauf bestand. »Geh schon. Triff dich mit den Männern und schmiede irgendwelche dämlichen Pläne. Dem Mädchen und mir macht das nichts aus. Wir werden Klöße machen.«

»Werden wir das?«, fragte Rilee, die beim Hereinkommen den letzten Teil ihrer Unterhaltung mitbekommen hatte. Ihre Haut war rosig und ihr nasses Haar nach hinten gekämmt.

»Und ich zeige dir auch, wie man strickt«, erklärte Mama.

Er hatte angenommen, dass Rilee ihn daraufhin um Hilfe bittend ansehen würde, doch stattdessen nickte sie. »Das ist eine ausgesprochen praktische Fähigkeit. Vielen Dank.«

Was war nur mit seiner Welt los? So liefen die Dinge normalerweise nicht.

Er marschierte hinüber zu Reids Büro und traf gerade ein, als Gene die Nachricht schickte. *Die Zielpersonen bewegen sich.*

Und zwar nicht auf die Stadt zu, sondern davon weg. Anscheinend war ihnen aufgefallen, dass ein paar der Jäger verschwunden waren, und wahrscheinlich gingen sie davon aus, dass sie sich im Sturm verlaufen hatten, woraufhin sie sich entschieden, den Ausflug zu verkürzen. Suchtrupps wurden zusammengestellt, darunter viele Freiwillige aus Kodiak Point, um sich nicht verdächtig zu machen und um die Spuren zu verwischen, die Mateo übersehen hatte.

Eigentlich hätte ihre Abreise dafür sorgen müssen, dass Mateos Befürchtungen abklangen, das Problem war nur, dass Gene nicht wusste, ob sich Rilees Entführer unter den Männern befand. Sie hatten Helme getragen, sodass man ihre Gesichter nicht sehen konnte, und selbst wenn das nicht der Fall gewesen wäre, so konnte Rilee dieses Arschloch Shayne ohnehin nur vage beschreiben.

»Wie kann es sein, dass wir kein Foto von ihm haben?«, knurrte Mateo.

Boris war es, der murmelte: »Weil der Name, den er ihr gegeben hat, falsch war. Es gibt keinen Shayne Klondike. Oder zumindest erkennt sie niemanden von denen, die diesen Namen tragen. Und glaub mir, wenn ich dir sage, dass wir alle erdenklichen Datenbanken durchsucht haben.«

»Und was ist mit den Wilderern? Kennen wir deren Identität? Ich kenne da jemanden, den ich anrufen könnte, um die Leichen auszugraben, die sie im Keller haben.«

»Keine Namen. Und die Fotos, die wir bekommen haben, sind alles andere als gut. Es ist fast so, als wüssten sie, dass sie beobachtet werden, sodass sie nie ihre Unterbringung ohne Gesichtsmaske verlassen haben.«

Er verbrachte den Nachmittag damit, auf weitere Neuigkeiten zu warten, doch erst am Abend bestätigte die Kontaktperson in der nächsten Stadt, dass die überlebenden Jäger angekommen waren und nun über die verschwundenen Leute befragt wurden, obwohl sie natürlich lieber weitergejagt hätten. War das gut für Kodiak Point? Eigentlich nicht, denn es schien zu einfach zu sein.

Deswegen verbrachte er den Abend auch am Handy und traf Vorkehrungen. Am nächsten Morgen teilte er allen die Neuigkeiten mit.

»Wir verlassen Kodiak Point.«

Rilee, die neben seiner Mutter auf der Couch saß und versuchte, mit den Stricknadeln in ihrer Hand mitzuhalten, hielt in der Bewegung inne und sagte: »Oh.« Nur dieses eine kleine Wort.

»Es ist besser, wenn wir gehen. Ich habe Vorkehrungen getroffen, dass wir heute Morgen in die nächste Stadt gebracht werden, und dann fliegen wir nach Hause.«

»Dann wünsche ich euch eine gute Reise.« In Anbetracht der Tatsache, dass Rilee plötzlich ausgesprochen niedergeschlagen aussah, hatte sie das Ganze anscheinend völlig missverstanden.

»*Wir* verschwinden. Wir alle zusammen, du, ich und Mama.«

Daraufhin runzelte sie die Stirn. »Ich auch?«

»Ja, du auch. Hier bist du nicht sicher.«

Sie fragte: »Warum?«, nur um dann bleich zu werden. »Also ist er noch am Leben.«

»Ich weiß es nicht. Die Jäger sind aufgebrochen, aber wir konnten nicht bestätigen, dass er sich unter ihnen befand. Und selbst wenn das der Fall wäre …« Er sprach nicht weiter, und das musste er auch nicht, weil sie ihn auch so verstand. Solange der

Feind wusste, wo sie lebte, wäre sie da jemals in Sicherheit?

Er war davon ausgegangen, dass sie sich weigern würde, mit ihm abzureisen. Deswegen hatte er sich schon ein paar Erwiderungen zurechtgelegt.

Zu seiner großen Überraschung fragte sie stattdessen: »Und wohin gehen wir?«

Diesmal war es Mama, die antwortete: »Wir fahren nach Hause.«

Boris fuhr sie mit einem Geländewagen in die Stadt, der mit Ketten und zusätzlichen Benzinkanistern auf dem Dach ausgestattet war. Sie kamen rechtzeitig an und stiegen in ein Flugzeug, alles ohne Zwischenfälle – wenn man Rilees bleiche Gesichtszüge und ihre Tränen ignorierte, als sie die Leute zum Abschied umarmte.

Im Flugzeug saß sie zwischen ihm und seiner Mutter. Sie hielten jeweils eine ihrer Hände beim Abflug. Dann beschäftigte sich seine Mutter mit Stricken, das Klacken der Nadeln war ein beruhigendes Geräusch, das ihn einschlafen ließ. Er musste ausgeruht sein für die nächste Etappe ihrer Reise.

Das Auto stand wie verabredet auf dem Parkplatz, die Schlüssel im Radkasten.

Rilee beobachtete, wie er den Fahrersitz und die Spiegel einstellte, bevor sie ihn fragte: »Wessen Wagen ist das?«

»Nicht meiner.« Auf ihren erstaunten Gesichtsausdruck hin fügte er hinzu: »Ein Freund hat ihn mir geliehen, damit wir untertauchen können. Wir haben eine lange Fahrt vor uns, also schnallt euch an.«

Er fuhr quer durch drei Staaten, hielt zu oft an, damit seine Mutter sich die Beine vertreten konnte, aber auch, damit Rilee etwas frische Luft schnappen konnte. Sie sprach nicht viel. Das musste sie auch nicht. Er konnte ihr die Nervosität anmerken. Das machte ihn fertig. Wenn er an diesem Tag nur bessere Arbeit geleistet hätte. Hätte er nur gewusst, dass es einen vierten Angreifer gab, den er übersehen hatte. Es schmerzte ihn zu wissen, dass er sie im Stich gelassen hatte.

Wie konnte er das in Ordnung bringen? Er hoffte, es würde helfen, sie nach Hause zu bringen. Sie schien auf jeden Fall neugierig zu sein.

»Du lebst in der Vorstadt?«, erklärte sie, als sie sich die Häuser ansah, die alle in den siebziger Jahren während des Immobilienbooms gebaut wurden, der ausbrach, als die Industrie die Mittelschicht groß machte.

»Es ist eine tolle Gegend.«

»Da bin ich mir sicher.« Mit einem kleinen Lächeln betrachtete sie das zweistöckige Backsteinhaus mit dem schwarzen Schindeldach und den Erkerfenstern. Ihr Blick fiel auf die frei stehende Garage, die sein Vater mit einem Dachboden darüber eingerichtet hatte, um ihm etwas Freiraum für Männer zu schaffen, wie er es bezeichnet hatte.

Mama sagte: »Dort wohnt Mateo. Du bleibst bei mir im Haus.«

Und so sehr er sich auch bemühte, sie ließ sich in diesem Punkt auf keinerlei Diskussion ein, weil der

Anstand es so verlangte, was er doch ganz genau wusste.

Er hatte es sogar damit versucht: »Sie ist meine vom Schicksal vorbestimmte Gefährtin.«

Daraufhin hatte seine Mutter spitz geantwortet: »Kein Ring. Keine Markierung. Kein Sex.«

Einen Ring konnte er besorgen. Die Markierung? Wäre das Rilee recht? Natürlich waren die letzten Tage großartig gewesen. Sie hatte ihn mit großer Freude in ihrem Bett willkommen geheißen. Sie lächelte jedes Mal, wenn sie ihn sah. Sie schlug ihn beim Kartenspielen und hatte keine Angst davor, sich über ihren Sieg zu freuen.

Doch wenn sie dachte, dass niemand hinsah, verkrampfte sich ihr Gesicht, ihr Ausdruck wurde besorgt. Sie kaute auf ihrer Lippe, aber am schlimmsten waren die Albträume jede Nacht. Jedes Mal wenn sie wimmernd aufwachte, beruhigte er sie, denn trotz des Dekrets seiner Mutter verbrachte er immer noch jede Nacht mit ihr und floh vor dem Morgengrauen. Er machte allerdings niemandem etwas vor.

Er installierte Kameras und Sicherheitssysteme an den Fenstern und Türen. Die meiste Zeit verbrachte er drinnen bei Rilee und seiner Mutter und arbeitete am Laptop am Esszimmertisch. Wenn er Anrufe bekam, von denen er befürchtete, dass sie Rilee aufregen könnten, nahm er sie draußen an.

Doch obwohl sie in seinem Elternhaus unter den Augen seiner Mutter aufblühte und unter seinem wachsamen Blick in Sicherheit war, wusste er, dass sie trotzdem Angst hatte.

Was dazu geführt haben könnte, dass er ein wenig überfürsorglich war. Es war seine Mutter, die ihn schließlich dazu brachte, von ihrer Seite zu weichen, als Rilee sich beklagte, dass sie einfach nur auf die Toilette gehen wollte, ohne dass er nach ihr sah. Sie verstand die Panik nicht, die ihn erfüllte, wenn sie außer Sichtweite war.

Mama hingegen nur allzu gut. »Eines der Dinge, die einem im Leben am meisten Angst machen, ist die Möglichkeit, dass man nicht mit denen, die man liebt, zusammen sein kann.«

»Wie kann ich denn aufhören, mich so zu fühlen?«, fragte er. »Nach allem, was sie durchgemacht hat, möchte ich einfach nicht, dass ihr jemals wieder wehgetan wird.«

»Das kannst du nicht garantieren, selbst wenn du jede Sekunde jedes einzelnen Tages mit ihr verbringst. Ich kann dir allerdings garantieren, dass sie dich umbringen wird, wenn du ihr keinen Freiraum lässt.«

»Aber du übst dann Blutrache, richtig?«, fragte er.

»Vielleicht. Das kommt darauf an.«

»Meinst du das ernst?«

»Also, man könnte es ihr nicht verdenken. Du bist ein ziemlich nervtötender Fleischklops.«

Was zu einer Runde Hickhack führte, dem sich Rilee anschloss, und in ein Abendessen mit handgemachten Gnocchi, frischer Alfredo-Soße und in Knoblauchbutter gebratenem Gemüse mündete.

Sie genossen ein zaghaftes Glück, das leicht gebrochen werden konnte. Er musste etwas tun. Er musste die Sache in Ordnung bringen, er wusste nur nicht wie.

Dann bekam er den Anruf …

»Wir glauben, die Zielperson ausfindig gemacht zu haben.«

KAPITEL 16

Sie öffnete die Tür zu ihrer Hütte, und da waren diese Augen, dieselben, die sie seit Jahren verfolgten. Die Maske konnte sie nicht verstecken.

Dieses Mal erstarrte sie nicht, sondern griff nach ihrer Waffe, die neben der Tür lehnte. Bevor sie ihre Finger darumlegen konnte, brachte ein harter Stoß sie zum Straucheln. Plötzlich war die Hütte weg und sie befand sich wieder in diesem Keller, dem Raum mit zwei Türen aus massivem Stahl, die beide verschlossen waren, wenn sie drinnen war.

Eine Galerie, höher als sie springen konnte, umgab den Raum, das Geländer war aus Glas, hoch genug, sodass kein Zuschauer versehentlich fallen konnte.

Es gab kein Entkommen.

Sie tapste auf vier Pfoten umher, stapfte über den Betonboden mit dem Geruch von Blut, den selbst Schrubben und Spülen nicht auslöschen konnte. Der Abfluss in der Mitte war effizient, aber auch ausgesprochen notwendig. Normalerweise wurde die Gewalt unappetitlich.

Heute war ihr Gegner weder ein Tier noch ein Gestalt-

wandler wie sie. Sondern er war es, er trug schwarzes Leder und Stahlkappenstiefel. Er hatte diese Peitsche mit den silbernen Widerhaken, funkelnd und schmerzhaft. Schlimmer noch, in seiner anderen Hand hielt er den Viehtreiber. Bekam man ihn oft genug ab, pinkelte man sich an.

Nein. Nicht schon wieder. Sie knurrte und ging auf und ab.

»Also, Rilee Smiley.« So lautete sein dämlicher Spitzname für sie. »Begrüßt man so seinen Meister?« Seine Stimme klang nasal.

Sie fauchte.

»Du kannst es dir einfach machen oder wir machen es auf die harte Tour.« Er ließ die Peitsche knallen. »Was ist dir lieber? Willst du dem Publikum zeigen, dass du etwas Besonderes bist, oder lieber, wie viel du aushalten kannst?«

So heftig der Schmerz auch werden würde, die Antwort änderte sich nie. Sie griff an.

Zack. Ein Blitz aus purem Schmerz durchfuhr ihren Körper. Sie bäumte sich auf und schrie und …

… wachte erschrocken auf. Rilee atmete und wand sich voller Panik in den Armen, die sie festhielten. Erst als er nachdrücklich: »Bella, wach auf. Ich bin es. Du bist in Sicherheit«, sagte, beruhigte sie sich genug, um ihre Atmung wieder unter Kontrolle zu bringen.

Mateos Anwesenheit beruhigte sie und einen Moment lang lehnte sie sich an seinen starken Körper. Wie oft würde sie ihn als total verängstigtes, zitterndes Wrack aufwecken, bevor er die Nase voll hatte?

Sie schien trivial zu murmeln: »Es tut mir leid.«

»Wage es ja nicht, dich zu entschuldigen«, knurrte

er. »Das Ganze ist meine Schuld. Ich hätte dich an jenem Tag nicht allein lassen dürfen. Du hättest …«

Hätte. Könnte. Würde. Die Schuldgefühle, die sie beide hatten, hätten sie zum Lachen gebracht, wenn es nicht so traurig gewesen wäre.

Hier war sie mit einem Kerl, der vielleicht eingebildet war, sie aber mit Zärtlichkeit überschüttete. Es war schockierend zu erkennen, dass sie trotz ihrer wiedererwachten Angst nie glücklicher gewesen war. Und das lag nicht nur an Mateo.

Sie hatte sich Sorgen um das Zusammenleben mit Mama gemacht, war überzeugt, dass sich die nette Dame, die sie unter ihre Tigerpfote genommen hatte, irgendwann in eine Höllenkatze verwandeln würde, die ihre wahren Gefühle gegenüber Rilee zeigte.

Nur dass Mama noch freundlicher wurde. Sie kümmerte sich um Rilee auf eine Art und Weise, die sie sich nie hätte vorstellen können, die sie aber in Filmen gesehen hatte, wie eine echte Mutter es tun würde.

Aber konnte sie sich entspannen und es genießen? Nicht ganz. Sie war noch nie so ängstlich gewesen. Sie wartete nur darauf, bis es vorbei war und das Leben ihr einen Streich spielte, denn das Leben konnte nicht wirklich so gut sein. So voller Glück. Es würde nicht halten.

Das Ende kam während des Frühstücks. Mateo erhielt eine Nachricht und sein Gesicht durchlief so viele Ausdrücke, aber es war sein kurzer Blick, bei dem sie herausplatzte: »Was ist passiert?«

»Nichts.«

Sie starrte ihn an. »Mehr willst du mir nicht sagen? Du willst weiterhin so tun, als könne ich mit Erwachsenensachen nicht umgehen?«

Bei dem Schlag auf den Hinterkopf, den seine Mama ihm verpasste, als sie sagte: »Ich habe doch kein sexistisches Schwein großgezogen«, klingelten ihm die Ohren.

»Ich bin kein sexistisches Schwein. Die Neuigkeiten sind wirklich keine große Sache.«

Rilee zog eine Augenbraue hoch. »Warum verrätst du sie mir dann nicht?«

»Sie haben eventuell eine Spur gefunden, die uns zu dem Typen führen kann, den du als Shayne kennst.«

Sie spürte, wie ihr alle Farbe aus dem Gesicht wich.

Er seufzte. »Und deswegen wollte ich es dir nicht sagen.«

»Er ist mein Problem, nicht deins.«

»Oh, er ist allerdings mein Problem«, knurrte er. »Und wenn ich hier wegkönnte, würde ich ihm ganz genau zeigen, was ich von einem Kerl halte, der Mädchen schlägt.«

Sie kniff die Augen zusammen und sah ihn an. »Und warum kannst du hier nicht weg? Und bitte überlege dir deine Antwort gut.«

»Ich werde nicht so tun, als würde ich mir keine Sorgen um dich machen. Ich habe dich einmal im Stich gelassen und du wurdest angegriffen. Dieser Gefahr werde ich dich nie wieder aussetzen.«

»Stattdessen lässt du einen Verrückten frei herumlaufen. Ein toller Plan«, antwortete sie sarkastisch.

»Was soll ich denn deiner Meinung nach tun?«, erklärte er aufgebracht.

»Ich erwarte, dass du deinen Job machst. Bist du nicht die ausführende Gewalt für den Großen Rat?«, erklärte Rilee.

»Ja, schon, aber …«

»Kein Aber. Es ist deine Aufgabe, dafür zu sorgen, dass deine Art in Sicherheit ist, und wir wissen doch beide, dass Shayne eine Gefahr darstellt, solange er am Leben ist.«

»Da stimme ich dir zu, aber trotzdem kannst du nicht erwarten, dass ich dich einfach so allein lasse.«

»Wenn ihr eine Spur habt, die euch zu Shayne führt, bedeutet das, dass er nicht hier ist, richtig?«, hakte Rilee nach.

»Der Typ, den sie verfolgen, befindet sich in New York, aber …«

»Aber was?«

»Was, wenn es nicht er ist?«

»Das lässt sich ziemlich leicht herausfinden. Zeig mir ein Bild von ihm.« Als er nicht antwortete, seufzte sie. »Ihr habt nicht mal ein Bild von ihm?«

»Keines der Bilder in der Datenbank ist besonders gut.«

»Und was ist mit seinem Führerschein?«, fragte seine Mutter.

»Auf dem befindet sich auch kein Foto, weil er in einem Staat ausgestellt wurde, in dem Leute sich aufgrund ihrer religiösen Orientierung weigern können, ein Foto machen zu lassen. Und es ist auch nicht sonderlich hilfreich, dass er der Sohn irgendeines VIPs ist und deswegen von den Medien abgeschirmt wurde.«

»Er ist anscheinend reich und mächtig genug, dass man nicht an ihn herankommt«, murmelte sie. »Das bedeutet, dass ich ihn nie loswerde.«

Es sprang von seinem Stuhl auf und ging dann sofort wieder vor ihr in die Knie. »Sag so was nicht. Ich werde nicht zulassen, dass er dir etwas tut.«

»Das kannst du nicht garantieren.« Das konnte niemand.

»Du musst ihn beschatten«, erklärte seine Mutter.

»Fang jetzt nicht damit an, Mama. Ich werde immer noch wegen des letzten Mals verarscht, als du ständig angerufen hast, um zu fragen, ob ich noch Kaffee und Donuts brauche.« Er starrte seine Mutter böse an, die völlig ungerührt weiter strickte.

»Tut mir leid, dass ich dafür sorgen wollte, dass du keinen Hunger hast«, schnaubte seine Mutter aufgebracht.

»Wenn man jemanden observiert, sollte das unauffällig geschehen und am besten, ohne dass du mit Lockenwicklern im Haar, einer braunen Papiertüte und einer Thermoskanne auftauchst.«

Obwohl sie das Bild ausgesprochen niedlich fand, half es nicht gegen ihre Angst. Die wurde nur noch schlimmer, sodass sie zitterte und sich unwohl fühlte. »Ich muss ...« Sie stand auf und ging von ihm weg in Richtung Tür, wo ihr klar wurde, dass sie nicht wusste, wohin sie gehen sollte.

Bevor sie die Tür öffnen konnte, stellte er sich ihr in den Weg. »Ich werde nicht zulassen, dass du gehst.«

»Aber wenn ich hierbleibe, bringe ich dich damit in Gefahr.«

Er schnaubte. »Spiel bei mir bitte nicht die Märtyrerin, Bella. Hier drinnen bist du sicherer als dort draußen.«

»Ich weiß, aber ich habe Angst.« Sie ließ die Schultern sinken, als sie ihm dieses verhasste Geständnis machte.

Er hob mit einem Finger ihr Kinn an und sah ihr mit ernstem Blick in die Augen. »Ich werde mich ein für alle Mal um diese Angelegenheit kümmern, Bella. Und zwar heute. Jetzt sofort.«

»Ich dachte, du könntest hier nicht weg.«

»Ich werde nicht zulassen, dass du dein Leben in Angst verbringst. Das kann ich nicht.«

Er küsste sie, und zwar so lange, bis Mama aus der Küche rief: »Ich habe dir Proviant für die Reise eingepackt.«

Rilee saß still auf dem Bett, während er eine Tasche packte. Sie freute sich über die schnelle Nummer, bei der sie die Klamotten einfach zur Seite schoben und dann schnell wieder zurechtrückten, bevor ein gewisser Jemand zu ihnen hereinplatzte. Sie hielt die Tränen zurück, als er ihr zum Abschied einen langen Kuss gab.

Er würde schon klarkommen. Das war die Art von Aufgabe, mit der er es ständig zu tun hatte. Trotzdem lehnte sie sich in Mamas Umarmung und fand Trost in ihrem geflüsterten: »Mein Junge wird das schon richten. Du wirst schon sehen. Komm, machen wir ein paar Fettuccine zum Abendessen.«

Mateo hielt den Kontakt und rief sie an jenem Abend sofort an, nachdem er gelandet war. Am nächsten Morgen schrieb er ihr sofort eine Nachricht. Dann rief er erneut an. Es war früher Nachmittag, als er zum dritten Mal an diesem Tag anrief, und sie verdrehte die Augen, während sie lachend dranging. »Du schon wieder?«

»Hey, Bella. Vermisst du mich?«

Mehr als du ahnst. »Eigentlich nicht. Deine Mama hat mir eine unglaublich leckere Tomatensuppe zum Mittagessen gemacht.«

»Falls du versuchst, mich eifersüchtig zu machen, das funktioniert ganz wunderbar«, grummelte er.

Sie lachte erneut. »Na gut, vielleicht vermisse ich dich ein bisschen.«

»Ich vermisse dich verdammt viel«, gab er zu. »Aber deswegen habe ich dich nicht angerufen. Ich habe endlich ein Foto.«

Sie musste gar nicht erst fragen, wessen Foto. »Kannst du es mir aufs Handy schicken?«, fragte sie mit rauer Stimme.

Kaum sah sie das Foto, wurden ihre Knie weich und sie musste sich an die Wand lehnen.

»Bella?« In seiner Stimme klang Besorgnis mit.

Sie musste zweimal tief durchatmen, bevor sie sagen konnte: »Ich bin hier. Das ist er.«

Er fragte nicht nach, ob sie sich sicher war. »Ich kümmere mich darum, Bella. Vertrau mir.«

Das tat sie. Aber das half nicht gegen das Grauen,

das sie empfand. Die Albträume waren in dieser Nacht besonders schlimm.

Das heißt, sie war am nächsten Morgen müde und mürrischer als sonst, zumal Mateo nicht anrief. Sie vermisste ihn und wünschte sich wirklich, sie hätte ihn nicht gezwungen zu gehen. Sie hätte seine starken Arme gut gebrauchen können, um sich sicher zu fühlen.

Anrufe auf seinem Telefon gingen direkt auf die Mailbox. Hatte er es abgestellt? Ging es ihm gut?

Mama schien nicht allzu besorgt zu sein, was der einzige Grund war, warum Rilee nicht in Panik geriet.

Es klingelte an der Tür und Mama rief: »Ich bin gerade beim Suppekochen. Kannst du zur Tür gehen?«

In Anbetracht von Mrs. Riccis Vorliebe für Online-Einkäufe erfolgten die Lieferungen in der Regel täglich, manchmal sogar mehr als einmal am Tag. Trotzdem war Rilee vorsichtig, bevor sie die Tür öffnete, und spähte nach draußen. Ein Lieferwagen war am Ende der Einfahrt geparkt und ein Mann in hellbrauner Hose und Hemd stand auf der Treppe und hielt ein Paket in der Hand. Sie öffnete die Tür und der Lieferant drehte sich um, die Lippen zu einem Lächeln verzogen, die scharfen blauen Augen glänzten förmlich vor Vergnügen.

»Wenn das nicht meine fehlende Luchsin ist.«

Da ein Teil von ihr darauf gewartet hatte, reagierte sie schnell, und kaum hatte sie die Tür geöffnet, knallte sie sie zu und schrie: »Gefahr! Ruf Mateo an.«

Ausnahmsweise stellte Mrs. Ricci keine Fragen, was seltsam war. Rilee wirbelte herum und schaute den Flur hinunter, ohne einen Blick hinter die Wand in die Küche werfen zu können.

Hinter ihr war Shayne nicht gerade glücklich darüber, dass sie ihm die Tür vor der Nase zugemacht hatte. »Du kannst nicht entkommen, Rilee. Du gehörst mir. Ich habe für dich bezahlt.«

Er hatte sie ihrer Mutter abgekauft, die mehr an ihrem nächsten Schuss interessiert gewesen war als an ihrem Kind. Zuerst hatte sie ihr Geheimnis verraten und verkauft, was dazu führte, dass Shayne sie verführte. Dann hatte sie sie erneut verraten, indem sie den Aufenthaltsort preisgab, was zu ihrer Gefangennahme führte.

»Zur Hölle mit dir.«

»Mach die verdammte Tür auf!« Er trommelte dagegen.

Sie wich zurück und wünschte, sie hätte ihr Gewehr. Damit hätte sie vielleicht durch die Tür schießen können. Shayne wäre mit einer Kugel in der Brust weitaus weniger lästig.

Sie drehte sich erst um, als sie die Mitte des Flurs erreicht hatte, und ging dann mit schnellen, leisen Schritten in die Küche. Es war seltsam, dass Mama kein einziges Wort sagte. Die Frau redete ständig, auch wenn sie keine Antwort erwartete. Sie plapperte, während sie kochte. Strickte. Putzte. Sie war lediglich für längere Zeit still, wenn sie *The Witcher* schaute. Offenbar war Geralt ihr Typ Mann, was Mateo dazu brachte, zu stöhnen und zu jammern, dass sie seine

Mutter sei. Als Witz fügte Rilee dann noch hinzu, dass seine Mutter sich gerade in ihrer sexuellen Blütezeit befände. Er errötete und ging los, um etwas Männliches zu tun, und ließ sie kichernd mit Mrs. Ricci zurück.

Mama war sicher in Ordnung. Das musste sie sein.

Aber sie war es nicht.

Rilee kam in die Küche und sah Mama auf dem Boden liegen.

»Nein!« Sie wollte schon zu ihr laufen, als der Hauch einer Bewegung sie warnte.

Sie duckte sich und der Betäubungspfeil verfehlte sie nur knapp. Eine fremde Frau mit dunklem Haar, das zu einem strengen Pferdeschwanz zusammengenommen war, stand auf und zielte erneut, was Rilee zwang, hinter der Kücheninsel in Deckung zu gehen, in Sichtweite von Mrs. Ricci.

Ihre Augen waren geschlossen, ihr Gesicht schlaff, aber Rilee konnte sehen, wie sich ihr Brustkorb bewegte, sie lebte also noch. Das half nicht viel. Das, was sie am meisten fürchtete, war eingetreten. Sie hatte Unheil über die gebracht, die sich um sie kümmern wollten.

Sie ging geduckt um die Insel herum, als die Frau sich so positionierte, dass sie einen sauberen Schuss abgeben konnte. Rilee hatte nicht einmal bemerkt, dass das Hämmern an der Haustür aufgehört hatte, bis Shayne in die Küche trat und sie plötzlich zwischen der Tussi mit dem Betäubungsmittel und diesem Sadisten eingepfercht war.

Ein triumphierendes Lächeln umspielte Shaynes Lippen. »Schön, dich wiederzusehen. Und zwar höchstpersönlich. Was würdest du dazu sagen, wenn du eine Weile so bleibst?«

Die Furcht legte sich wie eine eiskalte Hand um ihr Herz und sie keuchte. Sie wusste genau, was er damit meinte. Warum er wollte, dass sie in ihrer Menschengestalt blieb.

»Da würde ich lieber sterben«, erwiderte sie, stand auf und griff nach einem Messer.

»Nun sei doch nicht gleich so melodramatisch. Benimm dich und dann darfst du die kleinen Kreaturen vielleicht sogar mal in den Arm nehmen, nachdem sie geboren wurden.« Er machte einen Schritt auf sie zu.

»Ich lasse mich nie wieder in einen Käfig sperren.«

Sie wirbelte herum und warf das Messer, das die Frau am Arm traf. Sie ließ die Waffe fallen. Bevor Rilee herumwirbeln konnte, war Shayne auf ihr und packte sie mit der Faust an den Haaren, während er sie mit der anderen Hand mit einem Taser attackierte.

Ihre Knie wurden zu Gummi und ihre Zähne klapperten, als die Elektrizität sie durchfuhr. Sie bemerkte den Schmerz an ihrer Kopfhaut kaum, während er sie an den Haaren hochhielt.

Sie hing schlaff in seiner Umklammerung, die Augen gesenkt, und tat so, als wäre sie unterwürfig. Als er sie hochziehen wollte, schlug sie zu und traf ihn genau in die Eier.

Er schrie auf und ließ sie los. Sie schlug hart auf

dem Boden auf, sprang auf und schnappte sich ein weiteres Messer, nur um diesmal von der Frau angegriffen zu werden. Sie rangen miteinander, wobei die größere Frau einen Gewichtsvorteil hatte, sodass sie auf die Theke knallten und das Geschirr zerschlugen. Aber Rilee schaffte es, ein weiteres Messer zu greifen und damit der Frau den Arm aufzuschlitzen. Das Blut, das von ihrer Angreiferin tropfte, machte den Boden glitschig. Sie rutschten aus und fielen hin. Das Messer, das sie hielt, blieb stecken.

In einem Körper.

Rilee stieß die keuchende Frau von sich, während diese sich an dem Griff des Messers festhielt, das in ihrem Bauch steckte.

»Ich frage mich wirklich, ob du den ganzen Aufwand wert bist«, erklärte Shayne.

Rilee drehte sich um und stellte fest, dass er eine Pistole auf ihren Kopf gerichtet hatte.

»Sie schon, du allerdings nicht.« Von hinten packte Mama, die grimmig und bösartig aussah, Shayne am Hals und ließ sich auf den Boden fallen. Mit lautem Krachen brach sein Genick, sodass er niemals wieder aufstehen würde.

Shaynes schlaffer Körper bewegte sich nicht. Er war tot.

Rilee brach in Tränen aus.

Mama nahm sie tröstend in den Arm. »Ist schon gut, *Piccina*, ist schon gut. Mama hat sich um den bösen Mann gekümmert. Du brauchst nie wieder Albträume zu haben.«

»Du hättest sterben können«, schniefte sie.

»Also bitte. Wir wussten, dass sie eher daran interessiert waren, dich zu entführen als zu töten.«

Als ihr klar wurde, was Mama da gerade gesagt hatte, entzog sie sich ihrer Umarmung. »Moment mal. Was soll das heißen, *wir*? Du hast mit alledem gerechnet?«, fragte sie und starrte Mama mit offenem Mund an.

»Deswegen haben wir auch Mateo weggeschickt.« Mrs. Ricci sah einen Moment lang ausgesprochen ernst aus. Dann überprüfte sie ihre Frisur. »Wir wussten, dass dieser schreckliche Mann nicht angreifen würde, solange Mateo zugegen war. Mein Sohn ist vielleicht ein riesiger Fleischklops, aber er ist auch ziemlich gefährlich.«

»Aber nicht gefährlich genug, um dich an der Durchsetzung dieses verrückten Plans zu hindern!«, bellte da plötzlich Mateo.

KAPITEL 17

Das Lächeln, das Rilees Gesicht zum Strahlen brachte, als sie zu ihm herumwirbelte, traf Mateo mitten ins Herz.

Als er merkte, dass der Mann, den er beobachtet hatte, durch ihr Netz geschlüpft war, geriet er in Panik. Es wurde noch schlimmer, weil er Rilee nicht anrufen und warnen konnte, also rief er stattdessen seine Mutter an. Sie war viel zu ruhig und gefasst gewesen.

Und sie hatte gelogen.

Aber damit würde er sie gleich konfrontieren. Rilee kreischte seinen Namen: »Mateo!«, bevor sie sich ihm in die Arme warf.

Er hob sie vom Boden in eine Umarmung, die er zügeln musste, um ihr nicht ein paar Rippen zu brechen. Er vergrub sein Gesicht in ihrem Haar. Er hielt sie einen Moment lang, bis die Wut und die Anspannung in ihm eine Antwort verlangten. Er setzte sie ab, legte den Arm um sie und starrte seine Mutter an.

»Was hast du getan, Mama? Hast du etwa absichtlich geplant, dass Rilee von diesem Arschloch angegriffen wird?« Er sah wütend auf die Leiche am Boden.

Zumindest hatte seine Mutter ihn sauber umgebracht. Es gab kein Blut, im Gegensatz zu der anderen Leiche. Den Boden würden sie ganz schön schrubben müssen, um alle Spuren zu beseitigen.

»Ich habe das nicht alleine geplant. Terrence war mit von der Partie.«

Sein Chef? Er begann vor Wut zu zittern. »Er hat mich absichtlich aus der Stadt geschickt?«

»Weil er wusste, dass du niemals zustimmen würdest, dass wir Rilee als Köder benutzen.«

»Allerdings hätte ich das niemals zugelassen. Ich würde Rilee niemals einer solchen Gefahr aussetzen.« Er fuhr sich nervös mit den Fingern durchs Haar. »Ich verstehe jedoch nicht, wie sie an Terrence' Wachen vorbeigekommen sind. Normalerweise sollten zwei Männer das Haus abwechselnd ständig bewachen.«

»Und das tun sie auch immer noch. Wer glaubst du denn, hat mir Bescheid gesagt, dass gestern ein Lieferwagen dreimal an unserem Haus vorbeigefahren ist? Und jedes Mal mit dem gleichen Nummernschild. Und nie angehalten hat, um irgendwelche Lieferungen abzugeben.«

»Und da hast du mich nicht angerufen?«, sagte er mit leisem Knurren. Rilee legte ihm eine Hand auf den Arm, um die Bestie in ihm zu besänftigen, doch es gelang ihm nur mit größter Mühe.

»Ich wollte nicht, dass du dir Sorgen machst, nur für den Fall, dass nichts dabei rauskam.« Mama reckte das Kinn.

»Nennst du das etwa nichts?« Er zeigte auf die beiden Toten auf dem Boden.

Rilee löste sich aus seiner Umarmung, um sich ihm gegenüber hinzustellen, und stand nun zwischen ihm und seiner Mutter. »Deine Mutter hat mir das Leben gerettet.«

»Sie hat dich auch in Gefahr gebracht.« Das Wissen darum machte ihn wahnsinnig wütend.

»Nur, um ihr zu helfen«, erklärte Mama. »Als ich erfahren habe, dass die Zielperson durch eine Lücke in der Überwachung verschwunden war, hatte ich eine Vorahnung, dass sie hier auftauchen würde.«

»Woher weißt du das überhaupt? Das sind Geheiminformationen.«

Mama faltete die Hände. »Ich weiß. Wer glaubst du, hat ihnen allen gesagt, sie sollen dieses Chaos geheim halten?« Sie machte einen ernsten Gesichtsausdruck und ihm blieb der Mund offen stehen.

»*Du!* Du arbeitest für den Rat?« Ihm blieb fast die Spucke weg. »Wie ist es möglich, dass ich das nicht weiß?«

»Weil ich ebenso unglaublich bin«, lautete Mamas selbstgefällige Antwort. »Unglaublich, dass du nie darauf gekommen bist.«

»Du kannst kein Mitglied des Rates sein. Du bist doch Mama. Du backst. Du machst mich verrückt.

Du strickst und machst Handarbeiten. Und du mischst dich nicht in den Lauf der Welt ein.«

»Ich bin eben vielfältig begabt.«

»Aber wie kann das sein? Als ich klein war, warst du immer zu Hause.«

Seine Mutter schnaubte verächtlich. »Geh mal mit der Zeit, Bambino. Ein Großteil der Arbeit lässt sich per Handy oder über ein gesichertes Netzwerk verrichten.«

Er dachte an all die Male, als er sie in der Küche mit der Nase vor dem Laptop gesehen hatte, umgeben von Backzutaten. Es war alles nur Deckung gewesen …

»Die ganze Zeit über …« Er schüttelte den Kopf.

»Dir ist es nie aufgefallen, weil du es nicht wahrhaben wolltest. Hast du dich jemals gefragt, warum ich darauf bestanden habe, dass du zu kämpfen lernst?«

»Ich nahm an, der Grund dafür war, dass du zu schlecht darin bist.« Sie hatte ihn nur ein paarmal mit zum Schießstand genommen, wo sie sich so dumm angestellt hatte, dass ihm ihre Unfähigkeit peinlich war.

»Das habe ich absichtlich gemacht, damit du mir nicht auf die Schliche kommst.«

»Und warum wolltest du nicht, dass ich es weiß?«

»Als Frau hat man eben gern Geheimnisse.« Mama zuckte mit den Achseln. »Da du es nicht wusstest, bin ich davon ausgegangen, dass *er* es auch nicht wusste. Er nahm also an, dass wir wehrlos sind.« Sie warf dem Toten einen verächtlichen Blick zu.

»Und warum hat das Betäubungsmittel bei dir nicht gewirkt?«, wollte Rilee wissen.

»Ganz einfach, ich trage eine kugelsichere Weste unter meinem Pulli.« Mama klopfte sich auf den Bauch.

»Allerdings hast du damit nur deinen Oberkörper geschützt und sonst nichts«, bemerkte er.

Seine Mutter schnaubte verächtlich. »Selbst wenn sie mich in den Arm oder ins Bein getroffen hätten, ein mickriger Betäubungspfeil macht mir nichts aus. Es war schon immer der Plan gewesen, so zu tun, als hätte das Betäubungsmittel gewirkt, damit die Angreifer ein falsches Gefühl der Sicherheit bekämen. Und als die Zeit reif war, habe ich gehandelt.«

»Aber warum hast du so lange gewartet?«, wollte Rilee wissen.

»Du musstest die Gelegenheit bekommen, dich zu wehren. Deinen Feind auszuschalten. Denn ist die Gefahr erst beseitigt, und zwar dank deiner Mithilfe, würden vielleicht die Albträume endlich aufhören.«

»Allerdings war es nicht die richtige Lösung, sie in Gefahr zu bringen«, donnerte Mateo.

Mama schnaubte. »Sie war niemals wirklich in Gefahr. Dieser schreckliche Kerl wollte sie nicht töten.«

»Nein, er wollte sie nur in einen Käfig stecken, um sie weiter zu foltern«, entgegnete er aufgebracht, nur um sich dann sofort bei Rilee zu entschuldigen. »Es tut mir leid, Bella. Ich will eigentlich nicht so unsensibel sein.«

»Ist schon okay. Es geht mir gut. Es ist alles gut

gegangen.« Sie versuchte, ihn zu beruhigen, er war aber trotzdem noch wütend.

»Du bist zu weit gegangen, Mama. Dazu hattest du nicht das Recht.«

»Natürlich habe ich das Recht dazu, meine Tochter zu beschützen.« Mama reckte trotzig das Kinn.

»Was denn für eine Tochter?«, fragte Rilee, die es immer noch nicht verstanden hatte. »Ich dachte, Mateo sei ein Einzelkind.«

»Du natürlich«, erklärte Mama.

»Wer ist jetzt hier der Dummkopf«, murmelte er.

Rilee blinzelte. »Du betrachtest mich als deine Tochter? Aber du kennst mich doch kaum.«

»Als würde das eine Rolle spielen.« Als sie ihren Ausdruck sah, nahm Mama sie fest in die Arme. »Ich wusste nicht, was aus meinem engelsgleichen Mateo werden würde, als er geboren wurde, und trotzdem habe ich ihn geliebt. Und da hast du schon einen Vorteil, weil ich dir nicht erst beibringen muss, wie man aufs Klo geht. Außerdem wollte ich schon immer eine Tochter haben.«

»Und du willst mich?« Sie klang so wahnsinnig überrascht.

»Ja, dich. Ich halte dich für eine großartige Tochter. Auch wenn du ein bisschen dünn bist. Wir müssen dich eben ein bisschen aufpäppeln.«

»In letzter Zeit esse ich sowieso schon drei Mahlzeiten und zwei Snacks am Tag«, murmelte Rilee mit kleinem Lächeln.

»Nun, da diese Tortur vorbei ist, sollten wir irgendetwas Leckeres backen.«

»Und wenn sie *wir* sagt, meint sie nur sich selbst«, bemerkte Mateo.

Seine Mutter sah überhaupt nicht verlegen aus. »Soll ich einen Kuchen machen? Es ist schon eine Weile her, seit ich einen gemacht habe. Und welcher ist dein Lieblingskuchen?«

Rilee zuckte mit den Schultern. »Ich glaube nicht, dass ich einen Lieblingskuchen habe. Als ich klein war, gab es bei uns nicht viel Kuchen. Nur ein paarmal den aus dem Supermarkt.«

Mamas Lippen verzogen sich vor Entsetzen. »Nein, oh nein. Das müssen wir in Ordnung bringen. Und zwar sofort.« Sie bewegte sich zu ihrer Vorratskammer.

»Du kannst mir doch nicht erzählen, dass du ein Ratsmitglied bist«, grummelte er. »Hallo, hast du etwa schon vergessen, dass du zwei Leichen in der Küche liegen hast?«

Seine Mutter warf den Toten einen Blick zu. »Nur gut, dass ich noch Platz in der Gefriertruhe habe. Holt mir mal bitte den Fleischwolf aus dem Keller.«

Sie riefen beide gleichzeitig: »Mama!«, woraufhin sie breit grinste. »Ich mache nur Spaß. Ich habe bereits ein Aufräumkommando gerufen.«

Das Kommando bestand aus vier Personen und Terrence, der sich einiges von Mateo anhören musste.

»Ich kann es nicht fassen, dass du zugelassen hast, dass Rilee als Köder benutzt wird.«

»Du bist nur sauer, weil du die fehlende Luchsin in deinem Leben gefunden hast.« Er brauchte Terrence gar nicht erst zu fragen, woher er das wusste. Anscheinend war es für ihn genauso offensichtlich wie für alle anderen.

Denn wie er schon vor nicht allzu langer Zeit gesagt hatte: Rilee war seine vom Schicksal vorbestimmte Gefährtin. Und es war langsam mal an der Zeit, das offiziell zu machen.

»Ja. Sie ist die Richtige für mich.« Aber er würde seinem Chef auf jeden Fall eine reinhauen, wenn er ihn damit aufzog.

Die Leichen wurden entfernt, alle Spuren beseitigt. Mama schmiss sie aus der Küche, um ein Festmahl vorzubereiten, während er Rilee in seinen Schoß kuschelte und ein Nickerchen machte, während sie ein Buch las. Eines der schönsten, entspannendsten Dinge, die er je getan hatte.

Das Abendessen war ein köstliches Paprikahähnchen mit Brötchen zum Eintauchen in die Soße. Zum Nachtisch gab es vier verschiedene Torten, von denen Mama dachte, dass Rilee sie vielleicht am liebsten mögen würde.

Als Rilee die Kirschtorte zu ihrem absoluten Favoriten erklärte, wusste er, dass es an der Zeit war.

Er rutschte von seinem Stuhl und kniete sich vor ihr hin. Er holte den Ring aus seiner Tasche, den Mama ihm am Tag nach ihrer Ankunft in Kodiak Point geschenkt hatte. Der Ring, den sein Vater ihr geschenkt hatte.

»Nur für den Fall«, hatte sie ihm damals lächelnd gesagt.

Als hätte es daran jemals einen Zweifel gegeben.

Er hielt ihr den Ring hin und Rilee blickte ihn an. »Bella, wir haben uns erst kürzlich kennengelernt, aber da wusste ich es bereits und jetzt bin ich mir sogar noch sicherer: Du bist die Frau fürs Leben. Ich liebe dich. Sag, dass du meine Frau werden willst. Meine Gefährtin. Mein Leben.«

Seine Mutter schniefte.

Rilee sah ihn ungläubig an und Tränen traten ihr in die Augen.

Oh, Mist. Sie würde Nein sagen.

Er hatte sie zu früh gefragt.

Verdammt noch mal ...

Sie lag in seinen Armen und murmelte immer wieder: »Ja«, während sie ihn küsste. Er mochte den Teil mit dem Küssen, und wie sollte es anders sein, unterbrach ihn seine Mutter und bestand darauf, dass sie mit Champagner anstießen.

Das Lustige war, dass der bereits in einem Eiskübel kalt gestellt war.

Und dann, mit dem Ring an Rilees Finger, gingen sie zusammen ins Bett, hielten sich an den Händen und nahmen die Treppe zu seinem Apartment über der Garage immer gleich zwei Stufen auf einmal.

In dem Moment, in dem die Tür zuging, lag sie in seinen Armen. Küsste ihn. Berührte ihn.

Und er war zur Stelle und berührte sie ebenfalls.

Sie liebten sich schnell beim ersten Mal, er stieß

sie rau und hart und sie krallte sich in seinen Rücken und schrie nach mehr.

Dann wieder sanfter, zärtlicher. Danach hielt er ihren schweißbedeckten Körper im Arm und dankte der Mondgöttin, dass sie ihr Martyrium heil überstanden hatte.

Zum ersten Mal, seit sie das erste Mal miteinander geschlafen hatten, hatte sie keine Albträume und wachte morgens mit einem Lächeln auf.

Aber das war alles, was er bekam, denn Mama kannte keine Privatsphäre.

EPILOG

Die Tatsache, dass sie die Nacht über der Garage verbrachten, hielt Mama nicht davon ab, sich einzumischen. Als sie am nächsten Morgen aufwachten, lag der Duft von Kaffee und Gebäck in der Luft. Rilee lief das Wasser im Mund zusammen und als sie sich aufsetzte, trug sie glücklicherweise Mateos T-Shirt.

Mateo, der unter der Bettdecke überhaupt nichts anhatte, blickte finster. »Mama, ein bisschen Privatsphäre, bitte.«

»Ach was. Als hätte ich das nicht alles schon gesehen. Wer glaubst du, hat dir den Popo gewaschen, als du klein warst?«

»Mama«, knurrte er.

Rilee kicherte und lachte immer wieder an diesem Tag und am nächsten …

Sie heirateten vor den Augen von Reid und der ganzen Bande in Kodiak Point, und ihre Flitterwochen bestanden aus einer Kreuzfahrt nach Norwegen.

Als das vorbei war, zogen sie zu seiner Mutter – die fast in Tränen ausbrach, als Rilee einmal ein Fehler unterlief und sie Mrs. Ricci nannte. Sie hatte sich das Gejammer anhören müssen, wie verletzt Mama war, denn wusste Rilee nicht, dass sie sie liebte?

Sie wusste es. Es war erdrückend. Und überwältigend.

Die Frau, die ihrem Anspruch treu blieb, Rilee wie eine Tochter zu behandeln, hatte Pläne entworfen, um das große Schlafzimmer des Hauses in etwas Modernes umzugestalten, mit einem eigenen Bad, das eine Whirlpool-Badewanne beinhaltete. Rilee konnte es kaum erwarten, sich dort hineinsinken zu lassen.

Mama würde das Apartment übernehmen, aber die Küche im Haus würde ihre Domäne bleiben. Rilee war mehr als glücklich, diejenige zu sein, die dasaß und einen Löffel ableckte, während sie um eine Kostprobe bettelte.

»Und was ist das da?«, fragte Mateo und zeigte auf der Blaupause zu einer Verbindungstür zwischen dem großen Schlafzimmer und dem angrenzenden Raum.

»Deine Mutter will, dass eine Tür eingebaut wird, damit wir leichteren Zugang zum Kinderzimmer haben«, erklärte Rilee, schlang ihre Arme um ihn und spähte um seinen Körper herum auf die Pläne, die auf dem Tisch lagen.

»Sie geht ja nicht gerade subtil vor«, bemerkte er ein wenig beschämt.

»Das nicht, aber sie ist ziemlich toll und es ist schön zu wissen, dass im Gegensatz zu meiner Kindheit unsere Kinder keine Probleme haben werden, denn sie haben eine unglaublich tolle Großmutter.«

»Das sagst du jetzt, aber warte nur, bis du schwanger bist«, verkündete er. »Dann wird sie dich verrückt machen.«

»Meinst du, sie wird es ein wenig übertreiben?«, fragte sie lachend.

»Sie wird dich schon in Watte packen, bevor du überhaupt angekündigt hast, dass du schwanger bist.«

»Und was bist du dann? Mr. Cool?«

»Natürlich«, erklärte er selbstbewusst.

»Es freut mich, das zu hören, denn ich habe mit deiner Mutter gewettet, dass du nicht verrücktspielen wirst, wenn du herausfindest, dass wir Zwillinge bekommen.«

Bumm.

Er schlug hart auf dem Boden auf und sie seufzte, besonders weil Mama ins Zimmer marschierte und die Hand ausstreckte. »Ich habe dir doch gleich gesagt, dass der Fleischklops nicht damit umgehen kann. Und jetzt raus mit den Kröten.«

»Na gut. Du hast gewonnen. Heute Nachmittag lassen wir uns die Fingernägel machen.« Eigentlich war sie dagegen, weil sie es für zu mädchenhaft hielt.

Mama strahlte, als hätte sie einen Preis gewonnen.

Rilee hatte nicht vor, sie wissen zu lassen, dass sie die Wette absichtlich verloren hatte.

Sie wusste, dass Mateo es übertreiben würde. Er hatte das Haus babysicher gemacht, noch bevor ihr erstes Trimester vorbei war. Seine Mama war die Stimme der Vernunft, wenn es ein bisschen zu viel wurde und er sie jede Treppe rauf- und runtertrug, sogar die einzelne Stufe ins abgesenkte Wohnzimmer.

Er war überfürsorglich, aber erstaunlich. Und sie verstand endlich, was Familie bedeutete. Es ging nur um die Liebe. Eine Liebe, die für immer andauern würde.

MEHR EVE LANGLAIS:

www.ingramcontent.com/pod-product-compliance
Lightning Source LLC
LaVergne TN
LVHW041636060526
838200LV00040B/1585